periscopio

LAS FABULOSAS AVENTURAS DEL

PROFESOR FURIA Y MR. CRISTAL

CÉSAR MALLORQUÍ

LAS FABULOSAS AVENTURAS DEL

PROFESOR FURIA Y MR. CRISTAL

edebé

Versión revisada del título original *La compañía de las moscas*

© Ed. Cast.: edebé, 2015
Paseo de San Juan Bosco 62
08017 Barcelona
www.edebe.com

Atención al cliente: 902 44 44 41
contacta@edebe.net

Directora de la colección: Reina Duarte
© Imagen de cubierta: KennyK / Shutterstock

1ª edición, septiembre 2015

ISBN 978-84-683-1953-7
Depósito Legal: B.11215-2015
Impreso en España
Printed in Spain

*Esta novela está dedicada a la memoria de Cassie,
de Steven, de Corey, de Kelly, de Matthew, de Dan,
de Daniel, de Rachel, de Isaiah, de John, de
Lauren, de Kyle y de William, víctimas
del horror en Columbine.*

En el presente

El periodista llegó a la cafetería a las seis y cuarto de la tarde. En realidad, había quedado citado a las seis, pero a causa de las fiestas navideñas el centro de la ciudad estaba totalmente atascado.

Jaime —así se llamaba el periodista— entró en la cafetería y miró en derredor. Había un árbol de Navidad junto a la entrada, guirnaldas sobre la barra y nieve artificial en los ventanales; en alguna parte sonaba un villancico. El local estaba lleno de gente, lo cual era un problema porque él no conocía —salvo por una breve conversación telefónica— a la persona con quien estaba citado. Jaime avanzó unos pasos y estiró el cuello para ver si, por algún milagro, lograba identificarle.

—¿Es usted Jaime Rivas? —preguntó una voz a su lado.

El periodista volvió la cabeza y vio que un joven se había aproximado a él y le miraba fijamente; era de mediana estatura, moreno, con el rostro cubierto por una barba corta y no excesivamente poblada.

—Sí, soy yo. Perdone, me he retrasado. Hay un tráfico terrible...

—No importa. Le estaba esperando allí, en esa mesa. ¿Me acompaña?

Se sentaron frente a frente, con el velador de por medio. Jaime le pidió un café al camarero y luego se quedó mirando al joven que tenía delante. Si los datos que había obtenido el periodista eran correctos, debía de estar a punto de cumplir veinticinco años. A su lado, sobre una silla, descansaba una cartera grande y plana.

—Según dijo usted por teléfono —comentó el joven—, está investigando lo que sucedió en el colegio Anna Frank.

—Así es.

—¿Por qué? Eso ocurrió hace mucho tiempo.

—Diez años.

El joven asintió con un cabeceo.

—El ocho de enero se cumplirá el décimo aniversario —dijo—. ¿Por qué remover ese asunto ahora?

—Por muchos motivos. En su momento, la noticia me impresionó, ¿sabe?, se me quedó grabada en la cabeza. No lograba entender cómo pudo ocurrir algo tan terrible. Yo tenía entonces veintiocho años y ya llevaba un tiempo trabajando como periodista, así que intenté seguir de cerca el asunto del Anna Frank. El problema es que estaban implicados muchos menores de edad y sus identidades se hallaban protegidas por orden judicial. R.J.R., J.S.C., G.R.A., D.C.P., A.M.S.; en fin, una sopa de iniciales. Bueno, pues ya

han pasados muchos años y los que entonces eran niños ahora son mayores de edad.

—¿Nada más? ¿Solo quiere conocer los nombres de los que estuvimos allí?

Jaime negó con la cabeza.

—Eso ya lo sé. Lo que quiero saber es qué pasó.

—Todo el mundo sabe lo que pasó. La historia apareció en la televisión, en los periódicos, en la radio, en todas partes.

—Pero hay cosas que nunca quedaron del todo claras. Por ejemplo, ¿quién disparó?

El joven alzó una ceja con ironía.

—Hubo muchos disparos aquella mañana en el colegio.

—Me refiero al último, al disparo que puso fin a la locura. ¿Quién lo efectuó?

—Un profesor.

—¿Seguro? —el periodista arqueó las cejas con escepticismo—. Llevo meses investigando este asunto. He hablado con muchos de los que por aquel entonces eran alumnos del Anna Frank. Incluso me he entrevistado con algunos de los críos que estuvieron retenidos en la clase (aunque ya no son tan críos, claro). ¿Y sabe qué?, lo que cuentan es muy diferente a la versión oficial de los hechos. De hecho, lo que cuentan tiene que ver con usted.

—No debe creer todo lo que se cuenta.

El periodista frunció el entrecejo.

—¿Qué sucedió de verdad aquella mañana en el Anna Frank? —preguntó—. Por lo que he averiguado, el único que puede responder a esa pregunta es usted.

El joven reflexionó unos instantes.

—¿Va a escribir un reportaje?

El periodista asintió.

—Y quizá un libro —dijo.

El camarero llegó, sirvió el café y se fue.

—¿De verdad quiere conocer la historia? —preguntó el joven—. Le advierto que no es agradable.

—Lo supongo. Murieron tres personas y hubo casi cuarenta heridos.

—Como quiera. Espero que tenga tiempo, porque es un relato largo.

—No se preocupe; soy periodista, sé escuchar.

El joven ladeó la cabeza y miró a través de los ventanales. Durante unos segundos, sus ojos se volvieron opacos, como si miraran hacia dentro; luego, sus facciones se relajaron con una tenue sonrisa.

—Supongo... —dijo— que todo comenzó el día que Julián Echevarría dio su primera clase en el colegio Anna Frank. Estaba borracho, ¿sabe?...

Diez años antes

Septiembre

El día que dio su primera clase en el colegio Anna Frank, Julián Echevarría, el nuevo profesor de Lengua y Literatura, estaba borracho. Aquella mañana, a primera hora, poco antes de dirigirse al trabajo, Julián se había tomado tres whiskies, sin agua ni hielo, uno detrás de otro, rápidamente, como si se tratara de una medicina amarga que debiera apurar cuanto antes. Solo entonces, después del tercer trago, logró Julián reunir la determinación necesaria para afrontar un nuevo curso. Era el primer día de clase.

Afortunadamente, nadie notó su embriaguez; Julián estaba acostumbrado a disimularla, ocultando la torpeza y el estupor del alcohol tras una actitud hierática y distante, y aromatizando su aliento mediante pastillas de menta. Cuando sonó el timbre que marcaba el inicio de las clases, Julián distribuyó entre los alumnos una serie de cuestionarios y ordenó que los rellenaran; eso mantendría la clase en silencio y a él le permitiría no tener que hacer nada durante un buen rato, así que se acomodó en su silla, frente al escritorio que presidía el aula, desplegó un periódico y comenzó a leerlo con escasa atención, arrullado por el rasgueo de los bolígrafos sobre el papel.

Media hora más tarde, el deseo de beber comenzó a aguijonearle de nuevo. Durante unos segundos pensó en dirigirse a los servicios y, a escondidas, darle un traguito a la petaca que llevaba en el bolsillo de la chaqueta, pero desechó la idea al instante; su provisión de alcohol era escasa y debía durarle toda la mañana. Con un apenas perceptible suspiro de resignación, plegó el periódico y contempló a sus nuevos alumnos. Dieciséis chicos y catorce chicas de unos quince años de edad: ellos, desgarbados y con granos; ellas, comenzando a desplegar formas de mujer. Igual que siempre, los mismos rostros, las mismas voces, los mismos nombres, las mismas preguntas y respuestas. Cada curso era una fotocopia del anterior.

Los últimos rezagados entregaron los cuestionarios cuando aún faltaban unos minutos para que terminara la clase. Julián no tenía ganas de hablar, de modo que fingió abstraerse en el escrutinio de los folios que habían depositado los estudiantes sobre la mesa, confiando en prolongar aquella situación hasta que el timbre sonara. Pero al cabo de unos minutos el silencio del aula se transformó en una creciente algarabía de cuchicheos y risas. Julián torció el gesto, respiró hondo, alzó la pila de cuestionarios y la dejó caer de golpe sobre la mesa, acallando al instante todas las voces. Luego, se incorporó, miró en derredor y lentamente, para que las palabras no se le trabaran, dijo:

—Como quizá algunos, los más avispados, sepan, esta asignatura se llama «Lengua y Literatura». No me cabe la menor duda de que todos ustedes conocen el significado de la palabra «lengua», pues acabo de comprobar que la usan con entusiasmo. Sin embargo, no estoy seguro de que ocurra lo mismo con el término «literatura». Según revelan las estadísticas, en las casas de más o menos la mitad de los aquí presentes no ha habido otro libro que la guía telefónica, y ahora tal vez ni eso. En cuanto al restante cincuenta por ciento, puede que encontremos algunos *best sellers* y dos o tres álbumes de pintura impresionista regalados por Navidad. No obstante, cabe la remota posibilidad de que alguno de ustedes sea aficionado a la lectura, aunque debo reconocer que me sorprendería mucho que así fuera. Vamos a averiguarlo: ¿alguien puede decirme qué es la literatura?

Tras unos segundos de granítico silencio, Julián consultó la lista de alumnos y escogió un nombre al azar.

—Señor Martínez Sanz, ¿podría decirme qué es, en su opinión, la literatura?

Antonio Martínez, un adolescente larguirucho y pecoso, se rascó la cabeza pensativo.

—Pues la literatura es... —dudó unos instantes—. No sé..., novelas, poemas y esas cosas...

Un ramillete de risas floreció entre las filas de pupitres. Julián cerró los ojos y respiró hondo; necesitaba urgentemente un trago.

—«Novelas, poemas y esas cosas» —repitió con cansancio—. Bien, en efecto, tanto la narrativa como la poesía forman parte de la literatura, eso es innegable; aunque debo confesarle, señor Martínez, que esperaba de usted algo más que una respuesta situada ligeramente por encima del nivel de subnormalidad —le echó un nuevo vistazo a la lista—. Veamos, señorita Borrás Azcona, ¿puede ampliar el perspicaz comentario de su compañero y decirnos algo más acerca de la literatura?

Natalia Borrás se sonrojó, bajó la mirada y, en tono apenas audible, respondió:

—La literatura es el arte que emplea como medio de expresión una lengua y también el conjunto de las producciones literarias de una nación, de una época o de un género.

Julián aplaudió pausadamente.

—Muy bien, señorita Borrás; acaba usted de recitar con admirable exactitud la definición del libro. Perfecto; ya tenemos un papagayo y, además, colorado.

Natalia enrojeció aún más y se encogió sobre el pupitre, como si quisiera fundirse con él.

—Vamos, vamos —prosiguió el profesor; la sed, aquella sed que nada tenía que ver con el agua, le estaba poniendo de mal humor—. ¿Es que nadie puede responderme algo un poco original? —consultó otra vez la lista—. Señorita Montes Sousa, ¿tendría la amabilidad de compartir con nosotros sus conocimientos y decirnos cuál es, según su inestimable criterio, el propósito de la literatura?

Alicia Montes se puso en pie; era una muchacha preciosa, con el pelo rojizo, los ojos azules y la tez dorada por el sol del verano, aunque lo cierto es que en aquel momento parecía más confundida que bonita. Tras unos segundos de vacilación, abrió la boca para decir algo, pero justo entonces una voz la interrumpió:

—Ser otra persona.

Julián volvió la mirada hacia quien había hablado, un alumno de apariencia algo más aniñada que el resto de sus compañeros.

—Ah, por fin contamos con un voluntario. ¿Usted es...?

—Daniel Castro.

—Bien, señor Castro; ¿qué decía?

—Que la literatura sirve para ser otra persona.

—Disculpe, pero no acabo de entenderlo. ¿Quiere decir que la literatura sirve para ser *mejor* persona?

—No. *Otra* persona.

—Ya; un buen libro nos cambia por dentro. Es una opinión un poco vulgar, ¿no le parece?

—Sí, sí que me lo parece. Pero yo no quiero decir eso; lo que digo es que un libro hace que seas alguien diferente, aunque no te cambie.

Julián le contempló con desconcierto; había algo extraño en aquel muchacho. Era de complexión menuda, mediana estatura y aspecto algo frágil; tenía el pelo moreno y las facciones agradables, aunque el rasgo más sobresaliente de su fisonomía eran los ojos, grandes y oscuros, unos ojos que miraban con gran intensidad y tras cuyas pupilas, más allá de la seriedad del semblante, se adivinaba un deje de ironía inusitadamente adulto para tratarse de alguien tan joven.

—Bueno, me rindo —dijo al fin el profesor—.

¿Podría descifrarnos el significado de tan enigmáticas palabras, señor Castro?

Daniel se encogió de hombros. Sonaron algunas risas y Julián, desentendiéndose de aquel alumno en particular, se encaró con la clase.

—Guarden silencio —ordenó—. Bien, señores; esta comprobación preliminar del nivel de sus conocimientos me ha ofrecido un desolador panorama que, estoy seguro, los cuestionarios que acaban de entregarme no harán más que refrendar. Si la cultura fuese el Everest y ustedes un grupo de escaladores, en estos momentos aún se encontrarían durmiendo la siesta en el campamento base. Mi cometido será, por tanto, despertarlos y guiarlos durante la escalada. Ignoro cuántos llegarán a la cima, si es que alguno lo consigue, pero eso, a fin de cuentas, es asunto suyo. Ah, por cierto, estoy empleando metáforas; lo digo por si alguien está pensando en presentarse la próxima clase con un piolet. Disponemos de nueve largos meses para completar el temario de la asignatura; quizá al cabo de ese tiempo alguno de ustedes pueda decirme cuál es el propósito de la literatura, aunque personalmente lo dudo mucho. El próximo día...

Un prolongado timbrazo le interrumpió; los estudiantes se pusieron en pie a toda prisa y Julián, sin completar su alocución ni despedirse de nadie, recogió sus papeles y abandonó el aula. Él también tenía prisa, prisa por encerrarse en los servicios y darle un largo trago al whisky que llevaba en la petaca.

Así fue la primera clase que impartió Julián Echevarría en el colegio Anna Frank; apenas duró cincuenta minutos, pero a Julián le bastó ese tiempo para conseguir que todos sus alumnos le odiaran.

Todos, salvo uno.

* * *

16 de septiembre

La doctora Ortiz me ha pedido que comience a escribir un diario. «Te servirá para aclarar las ideas», dijo. «Además, a través de la escritura podrás hacer aflorar tus sentimientos más íntimos. Será como abrir una ventana a tu subconsciente».

La doctora Ortiz, mi psicoterapeuta —como a ella le gusta definirse y como reza la placa que hay en su puerta—, es un poco cursi. Pero también es una buena mujer; me cae bien, se esfuerza mucho. Así que voy a hacerle caso. Ella sugirió que el comienzo de curso podría ser un buen momento para iniciar el diario y hoy ha sido el primer día de clase, así que:

Querido diario, hoy he ido por primera vez al colegio después de las vacaciones. He vuelto a encontrarme con mis amiguitos y he conocido a nuevos profesores...

Vale, vale, estoy bromeando; pero es que me siento un poco tonto. ¿Acaso ocurre algo en mi vida que merezca ser escrito? Bueno, la verdad es que hoy sí que ha sucedido algo interesante... Quizá no sea tan mala idea esto del diario. Debería tomármelo más en serio.

DIARIO PERSONAL DE DANIEL CASTRO

Hoy, en el colegio, después de dos meses y medio de vacaciones, he vuelto a comprobar mi habilidad para volverme invisible. Nadie ha reparado en mí, ni profesores ni compañeros; todos miraban a través de mi cuerpo, como si no existiese. Eso está bien; mi don especial sigue funcionando. Soy un superhéroe: «Mr. Cristal, el chico transparente». Lo único malo de mi superpoder es que no es selectivo: cuando desaparezco, soy invisible para todo el mundo. Incluso para Alicia.

Por cierto: hoy he sido un auténtico caballero y he salvado a la princesa de las garras de un dragón. La princesa era Alicia y el dragón, el nuevo profesor. Se llama Julián Echevarría y le ha preguntado a Alicia para qué sirve la literatura; ella no tenía ni idea —¿quién podría contestar una pregunta tan idiota?—, así que decidí actuar y atraer sobre mí la atención del dragón diciendo en voz alta lo primero que se me ha pasado por la cabeza.

Mr. Cristal se ha vuelto visible durante unos minutos, y eso es algo muy peligroso. Afortunadamente, la furia del dragón apenas me ha rozado y he logrado salir indemne del combate. Ah, bueno, Alicia ni siquiera se ha dado cuenta de que lo he hecho por ella. No importa; la lucha de Mr. Cristal contra la opresión siempre se desarrolla en las sombras.

Ahora vamos a hablar de dragones. El nuevo profesor de Literatura me ha parecido... interesante. En mi opinión, hay tres clases de profesores: los entusiastas, los atrincherados y los deprimidos; pues bien, el señor

Echevarría no encaja en ninguna de ellas. Es diferente, porque lo que está es muy, pero que muy enfadado. Hoy, al principio de la clase, no parecía fijarse en nosotros. No miraba a nadie, era como si, en vez de treinta alumnos, fuésemos un único ser, una especie de bestia a la que hubiera que mantener a raya a base de indiferencia. Luego, cuando se ha dignado a hablarnos, lo ha hecho con total desprecio, como si le importase un bledo lo que pudiéramos pensar de él. Estaba tan cargado de malas vibraciones que estoy seguro de que si hubiese estornudado habrían saltado todos los fusibles en un kilómetro a la redonda.

Es genial.

Por un momento me he preguntado si no podría tratarse de un supervillano. A fin de cuentas, es un dragón, ¿no? «Profesor Furia», ese sería un buen nombre para él...

Mr. Cristal contra el Profesor Furia
(apunte para una tira ilustrada original de D. Castro)

VIÑETA 1
El Profesor Furia, vestido con su negra toga de supervillano, ha apresado a la Princesa y la tiene en su poder, atada bajo una tonelada de libros que cuelgan de una cuerda dentro de una red. La llama de una vela está a punto de quemar la cuerda, lo que provocaría así la muerte de la Princesa.
Profesor Furia: ¡Confiesa! ¿Cuál es el objetivo

secreto de la literatura? ¡Dímelo o morirás aplastada por las obras completas de todos los premios Nobel!
Princesa: ¡No lo sé, no lo sé! ¡Ignoro el secreto! ¡Desátame, te lo suplico!

VIÑETA 2
Furia sigue amenazando a la Princesa mientras la llama de la vela comienza a chamuscar la cuerda. En ese momento aparece Mr. Cristal; es invisible, así que solo distinguimos su silueta.
Profesor Furia: ¡Quien conozca el objetivo secreto de la literatura dominará el mundo! ¡Dímelo o la megamasa de los Nobel te aplastará!
Princesa: ¡Piedad! ¡Los Nobel no!
Mr. Cristal (pensando): Esto es un trabajo para Mr. Cristal...

VIÑETA 3
Mr. Cristal se inclina sobre la Princesa y le susurra la respuesta al oído. El rostro de la Princesa se ilumina. La llama de la vela está a punto de cortar la cuerda.

VIÑETA 4
La Princesa se encara con el Profesor Furia y le espeta:
Princesa: ¿Quieres conocer el secreto, canalla? Pues te lo diré: ¡el objetivo de la literatura es que tú tengas un sueldo como profesor de literatura!

VIÑETA 5

Al Profesor Furia se le desorbitan los ojos, al mismo tiempo que su rostro se desencaja. Entre tanto, Mr. Cristal apaga de un soplido la llama de la vela justo cuando a la cuerda solo le queda un hilo para romperse.

Profesor Furia: ¡Por Yoknapatawpha el Oscuro! ¡Creía ser el Amo del Mundo, pero en realidad solo soy una insignificante pieza más del Sistema Educativo!

VIÑETA 6

Incapaz de soportar el descubrimiento de su auténtica identidad, el Profesor huye despavorido. En primer plano, Mr. Cristal, siempre invisible, deshace las ligaduras que mantenían apresada a la sorprendida Princesa.

VIÑETA 7

Liberada de sus ataduras, la Princesa se lleva las manos al corazón y alza la mirada al cielo con una dulce sonrisa.

Princesa: Esto debe de ser obra del misterioso héroe que siempre vela por mí... Oh, Mr. Cristal, no sé quién eres ni dónde estás, pero te amo...

VIÑETA 8

La translúcida silueta de Mr. Cristal se pierde entre las sombras. Un texto a pie de viñeta dice: *«CON LA SATISFACCIÓN DEL DEBER*

CUMPLIDO, Y DESOYENDO LA VOZ DEL CORAZÓN, MR. CRISTAL, EL VENGADOR TRANSPARENTE, SE ALEJA DE LA PRINCESA PARA ACUDIR ALLÍ DONDE LA JUSTICIA LE RECLAME».

Bueno, lo cierto es que no veo al señor Echevarría en el papel de supervillano. Podría ser un superhéroe descarriado, de esos que al principio caminan por la senda oscura, pero luego se ponen del lado de los buenos —como Lobezno o Zarpa de Acero—. O quizá un superhéroe que todavía no sabe que lo es —como Pícara y los demás mutantes antes de ingresar en la Patrulla X—. Aunque, bien pensado, creo que al nuevo profesor le falta entusiasmo para ser un súper-lo-que-sea.

Aun así, es interesante. Y no solo por lo cabreado que está, sino también por algo muy, muy, muy curioso: durante la clase, el señor Echevarría estaba borracho.

Sí, bebido, trompa, curda, tajada, cocido, alumbrado, achispado, pedo, cogorza, y no se me ocurren más sinónimos. Lo he notado en su mirada y por la forma tan lenta de moverse y hablar. Además, tengo buen olfato; al acabar la clase, he pasado junto a él y he notado que el aliento le olía a menta. El señor Echevarría no parece del tipo de persona que toma pastillas de menta, salvo que tenga un buen motivo para hacerlo. Por ejemplo, ocultar el olor a alcohol. De todas formas, nadie más se ha fijado, porque el señor Echevarría disimula muy bien. Y eso significa que está acostumbrado a disimular. Por tanto, lleva mucho tiempo bebiendo.

Elemental, doctor Watson.

Pero me pregunto qué clase de profesor se presenta borracho en el colegio el primer día de curso...

* * *

En un rincón de la sala, frente al sofá, la pantalla del televisor muestra viejas imágenes en blanco y negro del campo de concentración nazi de Dachau. Detrás de las alambradas pueden verse grupos de prisioneros famélicos, patéticos espectros de ojos hundidos y rostro atónito. Por delante patrullan soldados cubiertos con casco, correajes y largas trincheras negras; algunos empuñan ametralladoras, otros llevan sujetos por traíllas feroces perros dóberman. No se escucha nada; a Jorge le fascinan aquellas imágenes, pero no le interesan lo más mínimo los comentarios del locutor, así que ha quitado el sonido. Guillermo aparta la mirada de la revista que está leyendo y, tras echarle un vistazo a la pantalla, comenta:

—Siempre estáis viendo los mismo vídeos. Qué pesados os ponéis con la Segunda Guerra Mundial...

—Calla, *joé* —gruñe Jorge—, que ahora viene lo mejor.

A su lado, Raúl, sentado muy erguido en el sofá, contempla en silencio el documental. Guillermo exhala un suspiro de resignación y se concentra de nuevo en la revista.

Raúl Jordán, Jorge Santos y Guillermo Rivera forman un grupo aparte entre el alumnado del colegio Anna Frank; siempre están juntos y apenas se relacionan con nadie. Los tres viven en la misma urbanización y tienen más o menos la misma edad: diecisiete años Jorge y Raúl, y dieciséis Guillermo. Hoy, el primer día de curso, se han reunido en casa de Raúl después de clase, para charlar un rato y comentar las vacaciones. Pero Jorge se ha empeñado en poner uno de los vídeos del padre de Raúl —el dedicado a los campos de concentración—, así que nadie dice nada.

Las imágenes del televisor muestran de pronto una escena aún más terrible que las anteriores: una excavadora empujando un indescriptible montón de cadáveres desnudos a una enorme fosa.

—Qué fuerte... —musita Jorge con una sonrisa.

—¿Te has fijado en sus caras? —le pregunta de repente Raúl, muy serio, la mirada fija en la pantalla.

—¿Qué caras?

—Las de los cadáveres. ¿Has visto sus caras?

Jorge se encoge de hombros.

—Solo son judíos —dice en tono despectivo.

—¿Y los judíos no tienen cara?

—Sí que la tienen —Jorge ríe entre dientes—. ¿Pero a quién le importa el careto de un judío?

—A mí —Raúl se inclina hacia el vídeo y oprime el botón de pausa; luego, con los ojos clavados en la imagen congelada de aquella terrible pirámide de cuerpos, comenta—: Ya no son judíos, ni siquiera personas; son bajas civiles. Fíjate en esa mujer: no debía de tener más de veinte años. Y el hombre que está al lado, el del bigote; ¿cómo se llamaba? Quizá fuera zapatero, o conserje, o profesor, pero ya no es nada, solo una baja civil más...

—Vale ya, ¿no? —interviene Guillermo—. Cuando os da por el morbo, no hay quien os aguante. Son muertos, tíos; deberíais respetarlos un poco.

—¿Respetar a un apestoso montón de judíos? ¡Venga ya! —Jorge profiere una risa sarcástica—. Por cierto, no os he enseñado lo que me he hecho este verano. Es la pera, vais a flipar... —se baja un poco la cintura de los vaqueros y muestra con orgullo el tatuaje que tiene en la cadera: una pequeña esvástica sujeta entre las garras de un águila—. Bueno, ¿qué os parece? —pregunta.

—Muy bonito —responde Raúl, sonriendo con ironía—. ¿Te gusta ir marcado como una vaca?

—Eh, eh, córtate un poco, tío, que mi hermano lleva tatuada en el pecho una cruz gamada grande como un puño...

—Perfecto; ya tenemos dos vacas marcadas.

Jorge parpadea con nerviosismo. No quiere enfrentarse a Raúl, pero tampoco puede consentir lo que, a todas luces, es un insulto.

—Vale ya, tío, no te metas con mi hermano. Gonzalo es un héroe, ¿eh?, un soldado, como tu padre.

—Mi padre y tu hermano no se parecen en nada.

—Como quieras, pero deja en paz a Gonzalo. Mi hermano y yo somos nacionalsocialistas.

—Nacionalsocialistas —repite Raúl con sarcasmo—. No debían de ser tan maravillosos esos nazis tuyos cuando perdieron la guerra, ¿no crees?

—Eso no tiene nada que ver. Hubo una conjura entre los judíos y los rojos...

—Vale, vale, no me sueltes el rollo —le interrumpe Raúl—. Hablemos de otra cosa. Esos vaqueros que llevas son nuevos, ¿no?

—Sí, me los compró el otro día mi vieja.

—¿De qué marca son?

—Levi's.

Raúl arquea las cejas y, fingiendo una expresión de absoluta inocencia, pregunta:

—¿Levi's? Oye, pero ¿Levi Strauss no era judío? —hace una pausa—. Sí, sí que lo era. Llevas pantalones judíos, Jorge. Ten cuidado, podrías contaminarte.

Jorge les echa un vistazo a sus vaqueros; confundido, alza la mirada y contempla a su amigo sin saber qué decir. Así suelen acabar sus enfrentamientos verbales: él desconcertado y Raúl con una mueca irónica aleteándole en los labios.

—Vamos a dejarlo, ¿vale? —propone Jorge tras una larga pausa—. ¿Está tu viejo?

—¿Qué?

—Que si está en casa tu viejo...

Un destello acerado endurece la mirada de Raúl.

—Cuando hables de mi padre —dice en tono repentinamente tenso—, hazlo con más respeto.

—Vale, tío, no te mosquees —Jorge alza las manos en un gesto de apaciguamiento—. Perdona, se me había olvidado lo susceptible que eres con tu padre. Te lo preguntaré con todo respeto: ¿se encuentra el Coronel en casa?

Raúl guarda unos segundos de silencio y, tras soltar lentamente el aire que ha retenido en los pulmones, responde:

—No, está de maniobras en Burgos.

—¡Guay! —exclama Jorge—. Entonces, ¿por qué no le echamos un vistazo al despacho, eh?

Guillermo, que, como siempre, se ha mantenido al margen del conato de disputa entre sus dos amigos, alza la cabeza de la revista que simula leer y se suma a la petición de Jorge:

—Sí, tío, la colección de tu padre mola que te pasas. Déjanos verla otra vez, venga...

Raúl sacude la cabeza.

—No. Está mi madre.

—¿Dónde?

—En su dormitorio. Le duele la cabeza.

—*Joé*, macho, a tu vie..., a tu madre siempre le duele el coco —dice Jorge—. Pero cuando le duele, nunca sale de su cuarto, así que no se va a enterar si entramos un momento en el despacho...

—Mi madre está mal de salud y no vamos a molestarla. Olvidaos de la colección de mi padre, ¿de acuerdo? Nunca debí enseñárosla.

Decepcionado, Guillermo suspira y vuelve a enfrascarse en la lectura de la revista. Jorge tuerce el gesto y pulsa el botón «Play» del vídeo; en la pantalla, la excavadora abandona su sobrenatural estatismo y prosigue con la macabra tarea de empujar cadáveres a la fosa común. Raúl se concentra otra vez en las caras de los muertos. Ha visto tantas veces aquel documental que muchas de ellas le resultan ya familiares, como si fueran los rostros de viejos amigos. Sin embargo, todavía no ha logrado encontrar allí las facciones que está buscando.

A Raúl le obsesionan los rostros; cuando va por la

calle, su mirada escruta los rasgos de las personas con quienes se cruza, y lo mismo ocurre en las tiendas y en los cafés, en los autobuses o el metro, en todas partes. Pero el semblante que, desde hace tantos años, Raúl anhela encontrar jamás aparece.

El auténtico rostro del Ciervo Rojo.

* * *

Las clases del nuevo profesor de Literatura siguieron una tónica similar a la establecida durante el primer día del curso. Julián Echevarría llegaba al aula, comentaba con escaso entusiasmo, mecánicamente, el tema de turno del programa y distribuía diversos ejercicios entre los alumnos para que los realizaran en clase, lo cual le permitía abstraerse en la lectura del periódico durante un buen rato. Su carácter tampoco cambió; despectivo, mordaz, indiferente, malhumorado... No era, desde luego, el profesor más popular del colegio, ni siquiera entre sus propios compañeros.

Al principio, los demás profesores le acogieron con cordialidad e hicieron lo humanamente posible para que se integrara cuanto antes en el centro. Sin embargo, no tardaron en tropezar con el muro que Julián Echevarría había levantado a su alrededor. Apenas hablaba con nadie y, cuando lo hacía (porque no le quedaba otro remedio), empleaba poco más que monosílabos; comía solo, no participaba en las reuniones del claustro y desaparecía del centro en cuanto concluían las clases. Teniéndolo todo en cuenta, no es de extrañar que los profesores del Anna Frank acabaran por ignorarle; incluso hubo alguno que protestó por el huraño comportamiento del recién llegado, pero Montserrat Gamaz, la directora del colegio, intentó quitarle hierro al asunto y pidió paciencia. Aunque no lo dijo —pues había prometido discreción—, ella sabía algo acerca del nuevo profesor que los demás ignoraban. Conocer ese secreto le permitía ser condescendiente; sin embargo, para el resto del profesorado la única forma de tratar con Julián Echevarría consistía, precisamente, en no tratar con él. En eso, y por una vez, tanto profesores como alumnos se mostraron enteramente de acuerdo.

Daniel Castro no. Para Daniel, el profesor de Literatura era un enigma que exigía ser desentrañado. Durante sus clases, se dedicaba a examinarle con atención, intentando encontrar ocultos significados en cada uno de los rasgos de su áspero carácter. Descubrió, por ejemplo, que su forma de hablar y comportarse variaba según la cantidad de alcohol que hubiese ingerido: cuanto más borracho estaba, más envarado, parsimonioso y sarcástico se mostraba; por el contrario, si había bebido poco se volvía taciturno y distante. Advirtió también que era descuidado en su aseo personal; su ropa solía estar mal planchada (frecuentemente usaba dos o tres días seguidos la misma camisa) y más de una vez se había presentado en el aula sin afeitarse. En ocasiones, incluso olía mal. Estos detalles le permitieron a Daniel deducir que el señor Echevarría vivía solo, pero eso fue prácticamente todo lo que logró obtener basándose en la mera observación.

Y necesitaba saber más. ¿Cuál era su edad? Aparentaba unos cuarenta años, pero quizá tuviese menos. ¿Dónde había dado clase antes? ¿Por qué vivía solo? ¿Por qué estaba tan enfadado? ¿Por qué no se relacionaba con nadie? Tras reflexionar largamente, Daniel llegó a la conclusión de que solo existía un lugar donde poder encontrar las respuestas a, cuando menos, parte de esas preguntas: Montserrat Gamaz, la directora, guardaba en su despacho los expedientes de todos los alumnos y todo el personal del colegio. Allí debía de estar el currículo de Julián Echevarría.

El único problema era cómo acceder a él. Los expedientes se encontraban en un archivo que permanecía cerrado y cuya única llave estaba en poder de Montserrat Gamaz. Por otro lado, el despacho también se cerraba cuando la directora salía y, además, se hallaba siempre vigilado por el feroz don Matías, el bedel del colegio, cuya garita estaba situada en el vestíbulo, justo al lado del despacho. En teoría, era imposible acceder a esos expedientes, pero Daniel no se dejó amilanar por las dificultades. «Esto es un trabajo para Mr. Cristal», murmuró. Y se puso a pensar.

Apenas tardó un par de horas en encontrar la solución al problema. Tras realizar una rápida consulta en Internet, salió de casa y se dirigió a una tienda de productos químicos, donde compró un kilo de nitrato de potasio; fue a un supermercado y adquirió una bolsa de azúcar, tres cajas de cerillas y un paquete de velas.

Eso era todo lo que necesitaba para vencer las barreras que se interponían entre él y el despacho de dirección.

Antes del incendio, muy pocos incidentes habían alterado la pacífica vida del colegio Anna Frank. En realidad, los únicos sucesos dignos de mención habían sido unos cuantos hurtos sin importancia acaecidos durante los fines de semana, y un robo de mayores proporciones que tuvo lugar a mediados del curso anterior. A raíz de este último incidente —durante el cual desaparecieron, entre otros bienes, todo el sistema informático del centro y la caja fuerte—, la dirección decidió adoptar algunas medidas de seguridad: se pusieron verjas en las ventanas y se instalaron en todas las salidas puertas blindadas con mecanismo de cierre centralizado.

Más adelante, y aunque entonces nadie podía preverlo, estas medidas convertirían al colegio Anna Frank en una trampa mortal.

Pero antes fue el incendio. Montserrat Gamaz, sentada frente a su escritorio, pensaba que aquella era una mañana más de trabajo. Las clases se habían sucedido sin incidentes, ningún alumno había resultado herido, ningún profesor había sufrido un ataque de nervios, todo marchaba con normalidad. Incluso el alumno que acababa de sentarse frente a ella, enviado a su despacho por don Matías con un parte de falta, entraba dentro de lo estrictamente cotidiano.

Montserrat —a quien todo el mundo llamaba Montse— le contempló con severidad y un apenas insinuado titubeo; aunque se jactaba de conocer por su nombre a los casi seiscientos alumnos del centro, lo cierto es que era incapaz de identificar a aquel muchacho en concreto. Le sonaba su cara, sí, pero no lograba ponerle apellidos. Cogió el parte que descansaba sobre el escritorio y le echó un rápido vistazo; el alumno se llamaba Daniel Castro Pizarro y había sido sorprendido fumando en el patio durante el horario de clase.

—Bueno, Daniel —dijo Montse, cruzándose de brazos—, ¿no crees que eres demasiado joven para fumar?

—Sí, sí que lo soy —asintió Daniel con gravedad.

—¿Es que no conoces los peligros del tabaco?

El muchacho volvió a asentir.

—Cáncer, enfisema pulmonar, arteriosclerosis, afecciones cardiacas... Creo que hay que ser muy estúpido, se tenga la edad que se tenga, para fumar.

—Entonces, ¿por qué lo haces tú?

Daniel se encogió de hombros.

—No sé; debo de ser muy estúpido.

Montse parpadeó, vagamente confundida. Aquel muchacho era un poco raro...

—Pues si sabes que es una estupidez, supongo que dejarás de hacerlo, ¿no?

Daniel se llevó una mano al corazón y declaró:

—Le doy mi palabra de que jamás volveré a fumar.

Decía la verdad. A Daniel no le interesaba lo más mínimo el tabaco; de hecho, le había resultado muy desagradable fingir que fumaba, pero era un sacrificio necesario para conseguir que le mandaran al despacho de la directora.

—Espero que así sea —asintió Montse—. Sin embargo, te has saltado una clase. ¿No te parece un poco tonto hacer novillos para quedarte fumando en el patio?

—Es lo más estúpido que he hecho en mi vida —reconoció Daniel.

La directora le contempló con el ceño fruncido; aquel chico era decididamente raro.

—Es la primera vez que te mandan a mi despacho, ¿no? —Daniel asintió con un cabeceo y Montse sacó del bolsillo un manojo de llaves—. Bueno, vamos a echarle un vistazo a tu expediente...

La directora no se dio cuenta, pero una sonrisa de triunfo iluminó durante un instante el rostro de Daniel mientras ella abría con una llave el archivador y buscaba por la «C» la carpeta correspondiente al muchacho.

—Aquí está... —musitó Montse, comenzando a hojear el expediente.

Justo entonces, un estridente timbrazo comenzó a resonar en el interior del colegio. La directora alzó la cabeza y arqueó las cejas, desconcertada por aquel repentino estruendo.

—Me parece que es la alarma de incendios —comentó Daniel como quien habla del tiempo.

Montserrat Gamaz era una mujer bajita, algo entrada en carnes, con el pelo castaño, cortado a lo *garçon,* y un rostro de expresión perennemente bonachona. Sin embargo, pese a su exiguo tamaño, la directora poseía un enérgico carácter y una inquebrantable determinación. Tras un instante de desconcierto, la directora se preguntó si estaba previsto para ese día algún simulacro de alarma de incendio, se contestó que no, se incorporó bruscamente, corrió a la puerta, la abrió y contempló con incredulidad las nubes de humo que comenzaban a invadir el vestíbulo...

—Dios mío, un incendio —se volvió hacia Daniel y le ordenó—: Sal fuera, muchacho. ¡Vamos, deprisa!

Acto seguido, la directora comenzó a coordinar el desalojo del centro. Mientras ponía orden en las riadas de alumnos que pugnaban por alcanzar las salidas, Montse pensó que aquel incendio olía extrañamente a azúcar quemado.

Cinco minutos más tarde, todo el alumnado y el personal del Anna Frank se hallaba en el patio, mientras que del edificio brotaba una densa humareda blanca, aunque no llamas. Gritos, risas, voces, algún que otro llanto, la confusión era enorme; tanto, que nadie se fijó en que Daniel Castro se apartaba del resto de los alumnos y, furtivamente, comenzaba a rodear el edificio.

Tal y como Daniel había previsto, la alarma de incendios desbloqueaba automáticamente las puertas blindadas, de modo que no tuvo ningún problema para introducirse en el colegio por la entrada de atrás. En el interior, el humo era tan espeso que apenas se podía ver.

—Creo que me he pasado un poco... —murmuró.

Sacó un pañuelo, se cubrió con él la boca y la nariz

y echó a andar hacia el despacho de dirección. Allí había menos humo, así que no le resultó difícil encontrar en el archivo de la directora el expediente de Julián Echevarría. Acto seguido, se dirigió a la garita del bedel y fotocopió el documento; después, lo volvió a poner en el archivador, se guardó las fotocopias en un bolsillo y abandonó el edificio por la puerta trasera, justo cuando los coches de bomberos llegaban al colegio haciendo sonar sus sirenas. Igual que nadie le había visto irse, nadie le vio regresar al lugar donde se hallaban congregados los demás alumnos.

Mr. Cristal había actuado de nuevo.

Los bomberos encontraron el foco del presunto incendio en un escusado de los servicios situados en la planta baja, cerca del vestíbulo. Tras unos minutos de atenta inspección, el jefe del destacamento fue en busca de la directora y le dijo:

—Me parece que le han gastado una broma de mal gusto, señora.

—¿Una broma? —Montse parpadeó, desconcertada—. Pero el incendio...

—No ha habido ningún incendio —la interrumpió el bombero—. Hemos encontrado una bomba de humo en los servicios.

—¡Una bomba de humo!

—De fabricación casera. Inofensiva, no se preocupe; aunque la verdad es que ha hecho cantidad de humo.

—Pero..., pero... ¿cómo?

—Bueno, no es la primera que veo. Estaba en una lata; una mezcla de salitre, azúcar y fósforo. Utilizaron una vela como mecha.

Consternada, Montse movió la cabeza de un lado a otro.

—Pero ¿quién puede haber hecho algo así?

El bombero arqueó una ceja.

—¿Cuántos alumnos hay en su colegio, señora? —preguntó.

—Quinientos noventa y dos...

—Pues ya tiene quinientos noventa y dos sospechosos.

* * *

28 de septiembre

Es increíble la cantidad de chalados que hay en Internet. Piensa cualquier cosa, lo más extraño y absurdo que se te ocurra, y puedes estar seguro de que encontrarás un montón de páginas web dedicadas a ello. Por ejemplo, hay un anarquista chiflado que ha colgado en Internet la fórmula para construir una bomba de humo casera. Es sencillo; basta con mezclar cuatro partes de azúcar, seis de nitrato de potasio y unas cuantas cabezas de cerilla. Mantendré silencio sobre el proceso de fabricación, ya que ese es uno más de los muchos secretos de Mr. Cristal.

(¡Ta-ta-tachán!)

Bien, mi plan para apoderarme del expediente del señor Echevarría constaba de siete fases:

1.° 12:15. Durante el recreo, instalar la bomba de humo en los servicios. Había calculado con mucho cuidado la duración de las velas, así que coloqué la vela-mecha de forma que la bomba se activase al cabo de media hora. Calcular bien los tiempos era de vital importancia para el plan.

2.° 12:25. Escaquearme después del recreo y conseguir que don Matías me pillase fumando en el patio. Fácil.

3.° 12:30. Entrar en el despacho de la directora con un parte de falta. Si Montse hubiese estado ocupada, yo habría pedido ir al servicio para cambiar la vela gastada por otra nueva y ganar tiempo (Mr. Cristal no deja nada al azar). Pero no estaba ocupada.

4.° Entre 12:30 y 12:45. Conseguir que la directora abriese el archivador. Como ella no tenía ni idea de quién era yo, no le quedó más remedio que abrirlo para consultar mi expediente.

5.° 12:45. Vaciar el colegio. Lo de la bomba de humo, las cosas como son, ha sido una idea brillante. Vale, es verdad, podría haberse producido algún que otro (pequeño) accidente durante el desalojo, lo admito; pero también es cierto que con mi plan he puesto a prueba los sistemas de seguridad del colegio. Puede que esto suene a excusa, pero basta para lavar mi conciencia.

6.° 12:50. Desaparecer del patio y entrar en el colegio por la puerta de atrás sin que nadie me viera. Sencillísimo: ¿acaso Mr. Cristal no es invisible?

7.° Entre 12:50 y 13:05. Encontrar el expediente del señor Echevarría, fotocopiarlo, devolverlo al archivo, salir del colegio y regresar al patio. Fin del plan.

Lo mejor de todo es que, con el follón del falso incendio, ni siquiera me han castigado por lo de fumar en el patio.

Bueno, ahora vamos a lo importante: ¿qué he averiguado acerca del señor Echevarría? En primer lugar, que es más joven de lo que parece. Tiene treinta y seis años. En segundo lugar, que hasta hace dos años daba clases en un instituto de Pamplona. Al parecer, dejó el trabajo por propia voluntad y durante un año o así no hizo nada. Después, se trasladó a Madrid y solicitó un empleo en el Anna Frank; tenía muy buenas referencias.

Por cierto, el señor Echevarría está mucho mejor preparado de lo que parece. Estudió Magisterio, Filología Hispánica y cuenta con una diplomatura en Psicología. ¡Psicología! Quién se lo iba a imaginar, tratándose de alguien que tiene tanta psicología como un tarugo de pino.

Algo muy, muy, muy importante: el señor Echevarría estaba casado y se divorció de su mujer hace un año. ¿Será ese el motivo de su cabreo? Debe de ser muy deprimente eso de divorciarse, supongo, pero ¿tanto? Bueno, quién sabe; no se puede decir que yo tenga mucha experiencia en esa clase de asuntos...

Una cosa más, y muy intrigante. Al final del expediente, escrito a mano y con la letra de Montse, hay un nombre y una fecha:

«Pedro Echevarría - 26 de diciembre»

¿Quién es Pedro Echevarría? Un familiar del señor Echevarría, supongo. Pero, qué familiar: ¿abuelo, padre, hermano, hijo?... ¿Por qué anotó Montse ese nombre? ¿Y qué significa el veintiséis de diciembre? ¿Un cumpleaños? No creo...

Entonces, ¿qué?

Debo dar un paso más, pero se trata de un paso arriesgado: Mr. Cristal ha de hacerse visible. Debo presentarme al señor Echevarría.

Octubre

Conforme el otoño avanzaba, los árboles que poblaban la zona residencial donde estaba situado el colegio comenzaron a vestir sus copas de amarillo y dorado. El clima se tornó más fresco y hubo algunos días de lluvia. La vida prosiguió con monotonía en el Anna Frank.

El incidente de la bomba de humo, que durante un tiempo ocupó el centro de todas las conversaciones, quedó pronto olvidado. No obstante, el consejo rector del centro tomó la decisión de instalar aspersores antiincendios para prevenir futuros accidentes. En cuanto a Daniel Castro, nadie le relacionó con lo ocurrido; aunque lo cierto es que nadie prestaba a Daniel la menor atención. Era demasiado discreto, silencioso y escurridizo. Era invisible.

A primeros de octubre, Julián Echevarría mandó realizar a sus alumnos el primer ejercicio de redacción. El tema era «los ancianos». Julián no lo escogió por ningún motivo en particular, fue lo primero que se le ocurrió (por él, lo mismo podían haber escrito sobre el cultivo de la col de Bruselas; le daba igual). A decir verdad, Julián odiaba los ejercicios escritos —pues luego tenía que corregirlos—, pero aún detestaba más dar clase, hablar con los alumnos, escucharlos. Prefería ocultarse tras el periódico y permitir que el tiempo transcurriese en silencio mientras los muchachos escribían.

Pero eso significaba tener que corregir ejercicios, algo que a Julián se le antojaba el colmo del aburrimiento. Sobre todo las redacciones. Y aquella tarde, después de clase, en la soledad de su apartamento, Julián tenía frente a sí treinta redacciones escritas con letra apretada y apenas inteligible, treinta loas escolares a la ancianidad.

El infierno.

Aunque llevaba todo el día bebiendo, Julián necesitó tomarse un par de whiskies consecutivos antes de reunir el valor necesario para afrontar la tarea. Se sirvió una tercera copa, se sentó sobre la cama y comenzó a leer. Cuando iba por la sexta redacción, su ánimo no podía ser ya más sombrío; los mismos tópicos (anciano-experiencia-respeto-abuelitos y demás vulgaridades), las mismas faltas de ortografía, la misma puntuación deleznable...

Dos whiskies y siete redacciones más tarde, Julián comenzó a leer en automático; sus ojos descifraban las letras, pero el significado de las palabras no llegaba a calar en su cerebro. Poco a poco, fue adormilándose. Se tumbó en la cama, cogió, del montón de folios que descansaba a su lado, la decimocuarta redacción y empezó a leerla con los ojos entornados por el sueño.

Cuando iba más o menos por la mitad del escrito, el escasísimo porcentaje de atención que dedicaba a la tarea hizo sonar en su cerebro una sirena de alarma. Julián, súbitamente espabilado, se incorporó, parpadeó varias veces para espantar el sopor, apuró los restos de su vaso de whisky y volvió a leer la redacción desde el principio, esta vez con alarmado interés. Conforme leía, sus cejas se alzaban más y más, como dos aves sorprendidas.

—Pero qué demonios es esto... —musitó, boquiabierto, al concluir la lectura.

Julián ya no era un buen profesor. Hubo un tiempo en que lo fue. Sin embargo, aquellos días se habían perdido en la hojarasca del pasado y jamás volverían; ahora ya no le gustaba su trabajo, lo odiaba, y esa no era precisamente la mejor actitud para ejercer una labor pedagógica. Además, Julián se había convertido en un borracho. No obstante, aún quedaba en él un mínimo rescoldo de profesionalidad, lo suficiente como para comprender que no podía afrontar bebido el inesperado problema que planteaba aquella redacción, la decimocuarta.

Preparó café —negro y sin azúcar— y tomó cuatro tazas. Se dio una larga ducha de agua fría. Ingirió dos aspirinas y dos Alka-Seltzer. Bajó al bar de la esquina y comió un bocadillo. Regresó al apartamento. Preparó más café.

Al cabo de dos horas, cuando comenzaba a anochecer, Julián se sintió lo suficientemente sobrio como para leer de nuevo la decimocuarta redacción.

«LA COMPAÑÍA DE LAS MOSCAS»
por Daniel Castro

El otro día oí en la tele que habían encontrado el cadáver de una anciana en su piso del centro de la ciudad. Llevaba muerta casi un mes, pero nadie se dio cuenta hasta que comenzó a oler mal. Entonces, los vecinos se quejaron al casero y este avisó a la policía, que, a su vez, llamó a los bomberos. Cuando los bomberos tiraron la puerta y entraron en el piso, encontraron el cuerpo de la anciana sobre la cama, en (como siempre dicen los locutores) «avanzado estado de descomposición», rodeado de moscas.

La buena mujer era muy mayor —ochenta y un años— y murió por causas naturales —un derrame cerebral mientras dormía—. No hubo ningún crimen ni ninguna agonía, no hubo nada raro en esa muerte, por otro lado, natural. Sin embargo, ¿cómo es posible que una mujer muera y pase casi un mes sin que nadie se entere? ¿Es que no tenía familia, ni amigos, ni algún vecino mínimamente interesado por ella?, ¿es que no la echaron de menos en el supermercado del barrio?, ¿es que nadie se molestó en acercarse a su casa para ver qué tal estaba?

Lo que me impresionó de esa noticia no fue la muerte de una anciana. Fue la soledad. ¿Cómo era la vida de esa mujer? Probablemente dormía poco; se levantaba temprano y lo primero que hacía era encender la radio o la televisión, aunque solo fuera para oír otras voces además de la suya. De vez en cuando debía de hablar sola, porque no tenía a nadie más con quien hacerlo y no quería volverse loca. Al mediodía, bajaría al mercado;

intentaría enrollarse un poco con los dependientes, pero seguro que siempre había mucha cola y muchas prisas. Luego, regresaría a su piso, prepararía la comida y comería sola, y sola pasaría la tarde viendo la tele, y cenaría temprano —muy poco, muy sola—, y, por último, se metería en la cama más solitaria del mundo para dormir unas horas, despertarse temprano y volver a repetirlo todo otra vez.

Después de oír la noticia, me fui a mi cuarto, me tumbé en la cama, cerré los ojos, me quedé muy quieto e intenté imaginarme lo que era estar muerto. No ver, no oír, no sentir nada; ningún movimiento. Luego, recordé algo que leí hace tiempo, un artículo sobre medicina forense: en realidad, los cadáveres no están quietos. Cambian. Según el autor del artículo, los cuerpos muertos pasan por cinco fases: fresca, abotargada, putrefacta, posputrefacta y esquelética. La descripción de cada una de esas fases era bastante asquerosa y no lo recuerdo muy bien, pero sí me acuerdo de algo que decía el autor: las moscas aparecen enseguida, apenas diez minutos después de producirse el fallecimiento. Como si presintieran la muerte.

Las primeras en llegar son las moscas azules. «Cynomyopsys cadaverina», «Phaencia sericata», «Chrysomya no-sé-qué» (hay muchas especies)... se posan en el cadáver y se alimentan de la sangre y las secreciones que encuentran. Después, ponen huevos en los orificios naturales del cuerpo y, al cabo de entre doce y dieciocho horas, aparecen las larvas, que inmediatamente comienzan a alimentarse de los tejidos del cadáver. Al cabo de pocos días, y partiendo de un único insecto, hay miles de larvas y moscas adultas pululando sobre el cuerpo, comiendo, reproduciéndose, creciendo.

Eso es lo que pensaba mientras estaba tumbado sobre la cama. A lo mejor es un porquería, pero a mí no me lo parece. En el fondo, es maravilloso; de la muerte brota la vida. Entonces, volví a pensar en la anciana que falleció en su casa, totalmente sola, y me dije que quizá no sea tan malo estar muerto.

Al menos, a un cadáver siempre le queda la compañía de las moscas.

Julián dejó caer el folio sobre el regazo y se pasó una mano por el cabello. La sed infinita comenzaba a acosarle de nuevo; ¿y si se tomaba un traguito, un whisky corto, nada más?... Sacudió la cabeza, ahuyentando la tentación. Tenía que estar sobrio. Se frotó los ojos con el índice y el pulgar de la mano izquierda e intentó reflexionar sobre aquella redacción.

Estaba muy bien escrita, demasiado para un muchacho de catorce o quince años. Y también eran impropios de esa edad el tema, el tono, el vocabulario, la técnica y el estilo. Si se hubiera tratado de un trabajo hecho en casa, Julián habría estado seguro de la intervención de una mano adulta, pero la redacción se escribió en clase, delante de él, en poco más de media hora.

Julián repasó algunos párrafos del texto; los nombres científicos de las moscas, las fases de la descomposición, el periodo de eclosión de las larvas... ¿De dónde habría sacado todos aquellos datos ese muchacho? Consultó el nombre que figuraba al comienzo del texto. Daniel Castro. Intentó ponerle cara, pero le resultó imposible, lo cual, teniendo en cuenta que no conocía por el nombre a ninguno de sus alumnos, no era de extrañar. Daniel Castro... Le sonaba vagamente, pero...

Exhaló un largo suspiro y volvió a pasear la mirada por el texto. Daniel Castro debía de ser un chico extraordinariamente precoz, pensó; su descripción sobre la vida de la anciana, pese a ser tan sobria, pese a carecer de adjetivos y énfasis, no solo resultaba conmovedora, sino que además ponía en evidencia una sensibilidad y una intuición que muchos adultos quisieran para sí.

Sin lugar a dudas, era una redacción excelente. El problema es que también era el texto más enfermizo, deprimente y morboso que había leído en su vida.

En el interior de Julián Echevarría, los últimos rescoldos de responsabilidad profesional se inflamaron lo suficiente como para obligarle a tomar una decisión: aunque no le apetecía lo más mínimo, debía hablar cuanto antes con Daniel Castro.

* * *

Un viejo reloj de péndulo preside el comedor con su parsimonioso balanceo. Se trata de un reloj muy antiguo, tanto que parece marcar el tiempo con lentitud geológica.

Tiiic... Taaac...

Larguísimos segundos, minutos eternos, tiempo fosilizado.

Hay tres personas sentadas a la mesa, comiendo. Si se tratara de un cuento de hadas, diríamos que ahí están Papá Oso, Mamá Osa y el osito pequeño. Pero esto no es un cuento, sino la hora de la cena en casa de la familia Jordán.

Don Eduardo Jordán, coronel de artillería, ha regresado a su domicilio esta misma tarde después de veinte días de maniobras en la provincia de Burgos. Está sentado a la cabecera de la mesa y, aunque viste de paisano, todo en él delata su condición de militar; la espalda recta como una tabla, el porte rígido, un bigote meticulosamente recortado, las facciones talladas a cincel en una tez ahora erosionada por el sol y la intemperie. Tiene cuarenta y seis años de edad, pero sus cabellos son tan negros y está en tan buena forma física que aparenta muchos menos.

En el extremo opuesto de la mesa se encuentra su mujer, doña María Ramos, que sin duda también es el extremo opuesto de don Eduardo. Pequeña, delgada, frágil, el cabello salpicado de canas, los ojos enrojecidos y húmedos. Su piel, transparente de puro pálida, muestra un azul entramado de venas en el dorso de las manos y la cara interna de los brazos. Aunque solo tiene treinta y ocho años, parece mayor que su marido.

Sentado entre los dos, delimitando el eje de simetría de la escena, Raúl Jordán Ramos, el hijo de ambos, come en silencio. Tiene diecisiete años y la complexión atlética de su padre, aunque si lo miramos bien, si nos fijamos con mucho detenimiento, quizá podamos adivinar en su mirada un atisbo de la fragilidad de su madre.

Tiiic... Taaac...

En el comedor no se escuchan más sonidos que el balanceo del reloj y el ruido de los cubiertos al rozar contra la loza. De pronto, sin mirar a su hijo, don Eduardo pregunta:

—¿Qué tal el colegio?

—Bien, señor —responde al instante Raúl.

—¿Has tenido algún examen?

—Todavía no, señor.

El coronel está terminando el segundo plato. Corta un trozo de filete, se lo lleva a la boca, lo masca rápidamente y lo traga empujándolo con un sorbo de vino.

—Ya sabes lo importante que es este curso —dice.

—Sí, señor.

—En la Academia solo admiten a los mejores, así que tú debes ser el mejor.

—Eso intento, señor.

—¿Cómo que lo intentas? —el coronel da un palmetazo sobre la mesa—. Los maricones lo intentan; los hombres lo consiguen. ¿Está claro?

—Sí, señor. Yo lo conseguiré.

Aún antes de nacer, desde el mismo día en que el médico contempló la ecografía y dijo «es un varón», el destino de Raúl Jordán quedó determinado. Después del bachillerato, ingresaría en la Academia General Militar de Zaragoza y seguiría la carrera de su padre. Sobre ese tema jamás se planteó la menor duda; era algo tan evidente, tan natural, como que el día sigue a la noche. Raúl sería militar.

—Entonces no hay novedades en el colegio...

—No, señor.

Don Eduardo traga, sin apenas masticarlo, otro trozo de carne.

—¿Y en casa? —pregunta, siempre sin mirar a nadie—. ¿Ha habido alguna novedad en casa, María?

La madre de Raúl, que apenas ha probado su comida, da un leve respingo.

—No... —responde en voz muy baja.

—¿Qué dices? Habla más alto.

—Que no hay ninguna novedad...

El coronel contiene el aliento durante unos segundos y luego lo deja escapar lentamente.

—Así que estoy tres semanas fuera de casa y cuando vuelvo resulta que no ha pasado nada. No han llamado por teléfono, no ha venido nadie, no ha llegado ninguna factura, no hemos recibido el correo. Es como si el tiempo se hubiera parado, ¿no?

Doña María clava los ojos en el mantel y traga saliva.

—Quería decir que..., que no ha pasado nada importante...

—Seré yo quien decida lo que es importante y lo que no lo es. ¿Tú qué has hecho durante estos días?

—He..., he ayudado a Emilia con la casa...

—Ya; le has echado una mano a la asistenta. ¿Algo más?

Las manos de la mujer, sobre el regazo, aprietan, estrujan y retuercen la servilleta. Ese, y un leve temblor en los labios, es el único movimiento que puede percibirse en ella.

—No me he sentido demasiado bien... —murmura.

—Vaya, estás mal de salud —los labios de don Eduardo esbozan una sonrisa irónica—. Qué novedad. ¿Has vuelto a ir al médico?

—Sí... Estuve en la consulta del doctor Sandoval y...

—¿Te ha encontrado un tumor cerebral? —la interrumpe su marido—. ¿Padeces alguna enfermedad infecciosa o degenerativa? ¿Tienes algún problema físico? ¿O estás como siempre?

Doña María palidece aún más. Cierra los ojos y se masajea con la yema del dedo corazón la sien derecha. Le duele atrozmente la cabeza.

—El doctor Sandoval no ha..., no ha encontrado causas físicas para mis jaquecas... —musita—. Lo atribuye a los nervios...

—¡Los nervios! —el hombre ríe sin humor—. ¿Nervios de qué, si no haces nada? —sacude la cabeza—. Ya verías lo pronto que se te pasaban los nervios, las jaquecas y los cuentos, si en vez de estar tumbada todo el día en la cama, te portaras como una auténtica mujer...

De repente, sucede algo inesperado, sorprendente, inaudito. Raúl se vuelve hacia su padre y le espeta:

—Madre está enferma. Déjela en paz.

Por primera vez, los ojos de don Eduardo buscan los de su hijo. No hay nada paternal en ellos, la suya es una mirada fulminante, una mirada sable, lanza, agresión, bofetada.

—¿Alguien te ha preguntado algo? —dice en tono gélido.

—Madre está enferma —repite Raúl al tiempo que

aparta los ojos, incapaz de soportar la mirada-arma de su padre.

—Lo que le pase a tu madre lo decidiré yo. ¿O es que me estás desafiando?

Se produce un silencio. Por debajo de la mesa, las manos de doña María convierten la servilleta en un tenso nudo.

—¡Contesta! —brama don Eduardo—. ¿Me estás desafiando?

Aunque el rostro de Raúl permanece impasible, su mandíbula está tan apretada que los dientes comienzan a chirriarle.

—No, señor... —responde.

—Entonces ni se te ocurra volver a interrumpirme mientras hablo. ¿Está claro?

—Sí, señor...

Don Eduardo resopla entre dientes y se dispone a cortar un nuevo trozo de filete, pero en el último momento decide que la carne se ha quedado fría, así que tira los cubiertos sobre el plato y le ordena a su mujer:

—Trae el postre. A ver si por lo menos vales para servir la mesa...

Doña María se levanta, recoge los platos y se dirige a la cocina. Raúl mantiene la vista fija en el mantel. Don Eduardo coge un periódico y lo hojea con aire malhumorado.

Así es una velada más en casa de la familia Jordán. Después de la cena, el marido verá un rato la televisión, su esposa fregará los platos y Raúl subirá a su cuarto para estudiar. A las once y media, don Eduardo y su mujer se irán a sus respectivos dormitorios (hace años que no duermen juntos), Raúl se acostará y, antes de la medianoche, todos estarán durmiendo o, cuando menos, intentando dormir.

Si fuera un relato infantil, diríamos: «colorín colorado, este cuento se ha acabado». Pero esto no es un cuento.

Y la historia no ha hecho más que comenzar.

* * *

Alicia Montes era una muchacha muy afortunada. De entrada, a nadie le cabía duda de que se trataba de la chica más guapa del colegio; aunque quizá *guapa* no fuese el adjetivo adecuado para describirla. Era preciosa. Cumpliría dieciséis años en enero, pero estaba tan —y tan bien— desarrollada que parecía algo mayor. Era alta, esbelta, estilizada; tenía el pelo del color de la caoba, los ojos azules y la piel de oro. Bastaba con mirarla para quedarse sin aliento.

Ella lo sabía, claro; sabía que era atractiva, sabía que sus compañeros la contemplaban con rendida admiración y sus compañeras con un ápice de envidia, sabía que los hombres adultos se volvían para mirarla cuando iba por la calle, algunos con deseo y otros con la expresión embobada de quien contempla una obra de arte. Todo eso lo sabía, pero no se sentía particularmente orgullosa de ello. No había hecho nada para ser guapa; nació así. El día de su concepción, Mendel echó a rodar los dados de la genética y el resultado fue un auténtico bombón. Caprichos del azar.

Eso no significaba que Alicia no valorase su belleza. Ser tan bonita resultaba práctico, agradable, facilitaba las cosas; era un privilegio, como haber nacido aristócrata o heredera de una gran hacienda. Pura suerte. Sin embargo, ella no se consideraba afortunada a causa de su belleza, sino por un motivo completamente distinto. Alguien o algo la protegía.

Lo cierto es que tardó tiempo en darse cuenta, pues los hechos inexplicables que sucedían a su alrededor fueron al principio insignificantes; perdía las llaves de casa y aparecían misteriosamente en la cajonera de su pupitre; encontraba en la mochila chocolatinas que ella no había puesto allí; a veces había flores dentro de su taquilla. La primera vez que supo con certeza que una entidad misteriosa velaba por ella fue dos años atrás, el día que el profesor de Matemáticas decidió hacer un examen sorpresa. Alicia no había estudiado lo suficiente, así que contestó como pudo a un par de preguntas, intentó resolver de mala manera uno de los problemas y, al concluir el tiempo, entregó el ejercicio con la certeza de haberse ganado un rotundo suspenso.

Sin embargo, tres días más tarde, cuando el profesor le devolvió el examen corregido, Alicia se encontró con la inesperada sorpresa de que había obtenido un sobresaliente. Pero es que aquel examen no era su examen; estaba escrito con su letra, sí, pero no era ella quien lo había escrito. Alguien había sustituido su examen de suspenso por un examen de sobresaliente, y lo había hecho reproduciendo con exactitud su letra. Un auténtico enigma.

Poco después llegó el refrendo, si es que era necesario, de que un enigmático desconocido cuidaba de ella. Alicia había ido el día anterior al cine y no tuvo tiempo de acabar los deberes de Lengua. Lo comentó en clase, con sus amigas, aunque más tarde, cuando intentó hacer memoria, fue incapaz de recordar quién más estaba delante. El caso es que después del recreo, cuando comenzó la clase de Lengua, Alicia encontró los deberes misteriosamente acabados. Con su misma letra.

Como es natural, Alicia estaba intrigadísima. El responsable de esos favores debía de ser uno de sus compañeros, pero ella era incapaz de descubrir de quién se trataba, así que decidió ponerse en contacto con él. Un día comentó en clase que no había hecho las tareas de Matemáticas. Procuró que se enterara todo el mundo, porque tenía un plan: en realidad, los deberes estaban hechos, pero, unida a ellos mediante un clip, había una nota con una sencilla pregunta: «¿Quién eres?».

Más tarde, cuando volvió del recreo, Alicia encontró la respuesta escrita al pie de la nota: «Soy Mr. Cristal». Nada más, salvo el hecho de que algunos errores en sus deberes de Matemáticas habían sido corregidos con una letra idéntica a la suya.

«Mr. Cristal», qué extraño nombre, pensó Alicia. Luego, en días sucesivos, escribió nuevas notas con nuevas preguntas —¿Cómo te llamas de verdad?, ¿Por qué me ayudas?, ¿Estás en mi clase?—, pero jamás volvió a recibir respuesta, así que, con el tiempo, Alicia dejó de pensar en Mr. Cristal como si fuera una persona y lo convirtió en una especie de ángel guardián, un espíritu protector, inmaterial y ubicuo, que velaba por ella en todo momento. Y es que, aunque Mr. Cristal no había vuelto a contestar a sus preguntas, tampoco había dejado de hacerle pequeños favores, siempre de forma anónima, siempre en la sombra.

Como, por ejemplo, aquella misma mañana, en el aula de informática del colegio. El día anterior, sin querer, Alicia había borrado del disco duro de uno de los ordenadores un trabajo de Biología. No había tomado la precaución de salvarlo, así que intentó recuperarlo, pero no pudo; ni siquiera el profesor, cuando ella le pidió ayuda, logró solucionar el problema. A causa de algún arcano de la informática, aquel archivo se había sumido para siempre en un ignoto limbo electrónico, de modo que Alicia se resignó a tener que repetir de nuevo el trabajo.

Sin embargo, aquella mañana, poco antes de la hora de comer, cuando se sentó frente al ordenador e introdujo la contraseña, Alicia se quedó de piedra al descubrir que el trabajo perdido estaba allí, sano y salvo. ¿Quién lo había recuperado? El profesor dijo que él no había sido y ninguno de los alumnos, por lo que ella sabía, era tan experto en informática. Porque no se trataba tan solo de recuperar un texto borrado, sino también de salvar la contraseña que daba acceso a los archivos personales de Alicia, y para eso hacía falta saber mucho de ordenadores.

¿Quién podía haber hecho algo así?

Alicia no tenía la menor duda: Mr. Cristal.

Al acabar la clase, cuando Luis vino a buscarla, ella no le contó lo que había pasado. De hecho, Alicia jamás le dijo nada a nadie acerca de Mr. Cristal; ese era su secreto y no lo había comentado con sus padres, ni con sus hermanos, ni con sus mejores amigas. Ni siquiera Luis Beltrán —su novio, su chico, su amigo especial— conocía la existencia de esa presencia misteriosa.

Luis era, en el colegio, el equivalente masculino de Alicia. Contaba diecisiete años y era alto, atlético, fuerte, bien parecido; tenía el pelo castaño claro, los ojos de color miel y al sonreír se le formaban en las mejillas dos hoyuelos simétricos que solían provocar lánguidos suspiros en las muchachas. Además, era el mejor jugador de baloncesto del colegio, la estrella indiscutible del equipo. El chico perfecto para la chica perfecta.

Aquella mañana, al acabar la clase de informática, el chico perfecto fue en busca de la muchacha maravillosa y ambos, de la mano y hablando por lo bajo, se dirigieron a los comedores. Ninguno de los dos se fijó en Daniel Castro, pero Daniel, mientras fingía estar absorto en la pantalla de su ordenador, no les quitaba los ojos de encima. Mr. Cristal actuaba en las sombras, Daniel miraba en silencio y los demás... Bueno, los demás, sencillamente, parecían ignorar su existencia. Aunque aquella mañana hubo alguien que sí reparó en él.

—¿Daniel Castro?

Daniel volvió la cabeza. Era el señor Echevarría.

—Sí, soy yo.

Julián Echevarría frunció el ceño y cambió el peso del cuerpo de un pie a otro, como si estar allí, con ese muchacho, le hiciera sentirse profundamente incómodo.

—Quisiera hablar con usted un momento —dijo en tono neutro.

—Es la hora de comer...

—Solo serán unos minutos. Vamos a la sala de profesores.

Lo primero que llamó la atención de Daniel fue que el señor Echevarría estaba sobrio. Eso era nuevo; le había visto en diferentes grados de intoxicación alcohólica, pero nunca en su estado natural (si es que su estado natural era la sobriedad). Lo curioso es que la abstinencia no parecía sentarle nada bien; por un lado, le despojaba de su habitual carácter desdeñoso y malhumorado, pero al mismo tiempo le volvía inseguro, nervioso, torpe.

—Verá, señor Castro —comenzó Julián—, me gustaría comentar con usted la redacción que me entregó el otro día...

En la sala de profesores solo estaban ellos dos, sentados a una de las mesas, frente a frente. A su lado, en el salvapantallas de un ordenador, una bandada de tostadoras con alas surcaba un cielo de dibujos animados.

—¿No le ha gustado? —preguntó Daniel con candidez.

—No, no, no... Mejor dicho, sí, sí que me ha gustado. Es un buen ejercicio de redacción.

—Qué bien —sonrió el muchacho.

—Lo que pasa...

—¿Sí?

—Bueno, el tema de la redacción era «los ancianos» y usted ha escrito sobre otra cosa.

—No —Daniel puso cara de perplejidad—, escribí sobre una anciana.

—Sobre la muerte de una anciana —puntualizó Julián—. Y sobre la soledad.

El muchacho reflexionó un instante.

—¿A usted no le parece que la muerte y la soledad están muy relacionadas con los ancianos? —preguntó.

—Supongo que sí... —Julián desvió la mirada y tamborileó con los dedos sobre la mesa; empezaba a sospechar que estaba perdiendo el control de la conversación—. Pero lo que ha escrito —prosiguió— no trata en realidad sobre la muerte de una anciana. Trata sobre la muerte en general.

Daniel volvió a encogerse de hombros.

—Quizá... —musitó.

—¿Piensas con frecuencia en la muerte?

—Oh sí, mucho —Daniel sonrió—. Es algo natural, ¿no? Forma parte del ciclo de la vida.

—Ya; pero no es agradable.

—Ni agradable ni desagradable; la muerte es..., nada.

Julián entrecerró los ojos y le contempló con curiosidad. Aquel muchacho era muy raro, pensó. Le sonaba vagamente de clase, aunque nunca hasta entonces le había prestado atención. Salvo un día, recordó de repente, el primer día del curso, cuando Daniel contestó a una pregunta de forma extraña... Julián exhaló una bocanada de aire, incapaz de recordar los detalles, y preguntó:

—Lo que dice en la redacción, eso de tumbarse en la cama e imaginar que está muerto... ¿Es cierto, lo hace?

—Oh sí, casi todos los días. Me relaja mucho.

—¿Le relaja imaginarse que está muerto?

—Claro. ¿Se ha fijado en lo tranquilos que son los cementerios?

Julián se pasó una mano por la nuca y comenzó a juguetear con un bolígrafo.

—¿Por qué piensa tanto en la muerte? —preguntó—. ¿Ha fallecido alguien cercano a usted?

Daniel bajó la mirada y guardó un largo silencio.

—Todavía no —dijo al fin, el rostro ensombrecido—. Es que estoy muy preocupado por Maika.

—¿Maika?

—Es mi hermana pequeña —Daniel tragó saliva—. Tiene ocho años y está muy enferma. Los médicos dicen que probablemente no llegue a ver la próxima Navidad.

Julián dejó caer el bolígrafo sobre la mesa. A continuación sobrevino un silencio tan denso, tan incómodo y perturbador, que más que mera ausencia de sonido pareció el mudo estremecimiento de una onda sísmica. Julián se había quedado sin habla; llevaba tanto tiempo alejado de la gente que sus habilidades sociales se hallaban demasiado oxidadas como para permitirle recurrir a los tópicos usuales en esas circunstancias.

—Vaya... —logró finalmente musitar—, lo siento...

—Gracias —repuso Daniel. Y agregó con una sonrisa—: Se está haciendo tarde, señor Echevarría. ¿Puedo irme a comer?

Todavía incapaz de articular palabra, Julián asintió con un cabeceo. Luego, después de que Daniel hubiese salido de la sala, se quedó pensando largo rato. En otros tiempos, cuando aún era un buen profesor, Julián habría examinado el expediente de Daniel antes de hacer algo al respecto, y habría hablado con su tutor o, mejor aún, con la psicóloga del colegio.

Pero ya no era un buen profesor, así que tomó la decisión más directa, y también la más equivocada; después de la comida, buscó a la secretaria del centro y le pidió que llamara a los padres de Daniel Castro para concertar una entrevista con ellos lo antes posible.

La entrevista quedó fijada para el día siguiente, a la una. Los padres de Daniel, Armando Castro y Carmen Pizarro, eran una pareja de mediana edad y aspecto agradable. Nada más reunirse con Julián Echevarría en una de las salas de visita, le preguntaron alarmados si su hijo había hecho algo malo. Julián, incómodo por la situación y nervioso por la abstinencia alcohólica, se apresuró a tranquilizarlos:

—No se preocupen, no ha hecho nada. Se trata de...

Julián enmudeció, intentando dar con la forma más delicada de enfocar la cuestión. No la encontró, así que, presionado por las expectantes miradas de la pareja, decidió ir directo al grano.

—Verán, hace unos días les puse a mis alumnos una redacción. El tema era «los ancianos» y... —tomó un folio manuscrito y se lo tendió—. Daniel escribió esto.

El señor y la señora Castro juntaron las cabezas para leer a la vez la redacción. Al concluir la lectura, intercambiaron una rápida mirada y contemplaron de nuevo al profesor.

—Este hijo nuestro... —dijo la madre, moviendo la cabeza de un lado a otro.

—Es un texto un poco... macabro, ¿no? —comentó el padre, sin saber muy bien qué decir.

—Eso mismo pensé yo —asintió Julián—. Entiéndanme, es un buen trabajo, una redacción muy brillante. Pero hay en ella una fascinación por la muerte que me preocupa un poco, así que ayer hablé con su hijo y... Bueno, creo que está muy afectado.

—¿Muy afectado? —Armando Castro frunció ceño—. ¿Por qué?

—Por Maika, ya saben...

—¿Maika? —las cejas del señor Castro salieron disparadas hacia arriba—. ¿Qué pinta Maika en todo esto?

—Bueno, me parece que Daniel no lo lleva bien... —repuso Julián, extrañado por la reacción del hombre.

—¿Que Daniel no lleva bien lo de Maika? Pero...

—A lo mejor es por lo que pasó el otro día —intervino la señora Castro.

—¿Qué pasó el otro día? —preguntó el señor Castro, volviéndose hacia su esposa con expresión de absoluto desconcierto.

—Nada, una tontería. Maika entró en el cuarto de Daniel y mordió uno de sus libros. Luego, por lo visto, se subió a la mesa e hizo pis en el teclado del ordenador.

Julián, anonadado, se imaginó a una niña de ocho años, encima de una mesa, comiéndose un libro y orinando sobre el ordenador, pero la imagen le resultó tan perturbadora que la apartó al instante de su mente.

—¿Maika mordió un libro?... —preguntó con incredulidad.

—Bueno —prosiguió la mujer con toda naturalidad—, en realidad solo lo mordisqueó un poco. La verdad es que la estamos educando fatal; se pasa el día mordiéndolo todo y haciendo sus necesidades allí donde le apetece. De todas formas, no creo que eso le afecte tanto a Daniel.

Julián intentó espantar la imagen mental de una niña lanzando feroces dentelladas y excretando como una bestia salvaje.

—Pero Daniel dijo que estaba enferma... —musitó con un hilo de voz.

—¿Alguien me puede explicar por qué estamos hablando de Maika? —preguntó el señor Castro, cada vez más perplejo.

—¿Enferma? —la señora Castro hizo un gesto vago—. Bueno, le ha salido una especie de sarpullido. A la pobrecita se le caía el pelo a puñados, pero le estamos poniendo una loción y ya se encuentra mucho mejor, aunque se empeña en morderse las costras...

Julián experimentó un estremecimiento al no poder evitar imaginarse a una niña de ocho años medio calva, lanzando dentelladas, mordiéndose las llagas y dispuesta a orinar sobre el primer electrodoméstico que pillase a mano.

No podía ser, parecía una escena de *El exorcista*...

—Pero ¿por qué hablamos de Maika? —insistió el señor Castro.

—Un momento —dijo Julián, alzando las manos—, creo que aquí hay una confusión. ¿Quién es Maika?

El matrimonio intercambió una nueva mirada.

—Es nuestra perrita —dijo la señora Castro.

La mandíbula de Julián descendió unos centímetros.

—¿Maika es una perra?

—Sí, una fox terrier de diez meses —respondió la señora Castro.

Julián se dejó caer contra el respaldo de la silla, perdió la mirada y musitó un quedo «pero qué idiota soy...». El señor Castro, comenzando a percibir un rayo de luz en aquella confusión, preguntó:

—¿Qué le ha dicho Daniel?

—Que Maika era su hermana pequeña —contestó Julián, al mismo tiempo que cerraba los ojos y se masajeaba el puente de la nariz haciendo pinza con el índice y el pulgar—. Dijo que estaba enferma y que probablemente moriría antes de Navidad.

El señor Castro dejó escapar un larguísimo suspiro y la señora Castro palideció.

—Dios mío —musitó ella—, cuánto lo siento...

—Nuestro hijo es..., es... —el señor Castro sacudió la cabeza, incapaz de encontrar en el lenguaje la herramienta adecuada para definir a su hijo.

—No es la primera vez que Daniel hace algo así —prosiguió la señora Castro con cansancio—. A veces se inventa cosas...

—Daniel miente —puntualizó su marido.

—Sí, dice mentiras —convino ella—, pero son mentiras..., no sé, extrañas. Invenciones absurdas, como lo de que Maika es su hermana... Verá, nos preocupa tanto su comportamiento que le hemos llevado a un psicólogo, la doctora Ortiz.

—Daniel es un desastre —apuntó el padre, malhumorado.

—La doctora Ortiz dice que es un niño muy sensible...

—Vaya, así que a hacer gamberradas se le llama ahora *sensibilidad.* Y ya no es tan niño, ¡qué narices!

—Daniel no hace gamberradas... Bueno, no exactamente. Está pasando por la crisis de la adolescencia y...

—A lo mejor se portaría de forma más normal si no fueses tan indulgente.

Advirtiendo que aquello era el inicio de una discusión matrimonial, Julián decidió intervenir.

—No se preocupen —dijo, interrumpiendo a la pareja—. Son cosas de chavales. Lamento haberles hecho perder el tiempo...

—No, no —protestó la señora Castro—; somos nosotros quienes debemos disculparnos.

—El comportamiento de Daniel ha sido inexcusable.

—Hablaremos con él.

—Y le pondremos el castigo que se merece, no lo dude.

Julián acompañó a la abochornada pareja a la salida y se dirigió a la sala de profesores. Tras acomodarse frente a su escritorio, encendió el ordenador y fingió abstraerse en las filas de iconos que poblaban la pantalla, aunque en realidad estaba rememorando la caótica entrevista que acababa de mantener. La pequeña, dulce y presuntamente desahuciada Maika había resultado ser un fox terrier tiñoso... De repente, se sintió muy ridículo; luego, pensó en Daniel y, sin solución de continuidad, pasó de la vergüenza a la ira. Se enfadó mucho, muchísimo; de hecho, no recordaba haber estado tan enfadado con nadie en su vida.

Ese chico no es que fuese raro, es que estaba loco, era un delincuente juvenil en potencia, pensó. Tenía que hacer algo, echarle una bronca, estrangularle o, como mínimo, imponerle el mayor castigo concebible... Aunque, por muchas vueltas que le dio, no logró encontrar ningún castigo mínimamente adecuado que no requiriese el empleo de una buena fusta. A punto estuvo de levantarse e ir en busca de Daniel para descargar sobre él su ira, pero en el último momento se contuvo. «Los castigos sirven para educar, no para vengarse», decía uno de sus profesores de la facultad. Y lo que ahora Julián quería era venganza.

Respiró hondo varias veces, intentando calmarse. De pronto, una intensa sensación de vacío en el diafragma le recordó lo sediento que estaba, las inmensas ganas que tenía de tomarse una copa. Pero no, se dijo a regañadientes, tenía que seguir sobrio, al menos un poco más. Volvió a pensar en Daniel, esta vez procurando hacerlo desapasionadamente. Aquel muchacho, decidió, era..., raro, sí, pero también enigmático. ¿Por qué había escrito aquella redacción? ¿Por qué había mentido? Era absurdo. Poco a poco, y aunque no llegó a desaparecer del todo, la ira fue convirtiéndose en curiosidad.

Entonces Julián decidió hacer lo que tenía que haber hecho desde el principio: hablar con Rebeca Cardenal, la psicóloga del colegio.

Rebeca Cardenal era una mujer alta, de cuarenta y muchos años de edad, con el rostro alargado, unos ojos brillantes, expresivos, y los grisáceos cabellos cortados en media melena. Dado que era la hora de comer, Julián pensó que no estaría en su despacho, pero allí la encontró, sentada frente a su escritorio, comiendo una manzana mientras repasaba unos formularios.

—Estoy a régimen —dijo a modo de explicación— y hoy me toca dieta de manzanas —señaló la cesta de fruta que descansaba sobre la mesa—. ¿Quieres una *grenny smith*? Son deliciosas.

—No, gracias —Julián se acomodó en una silla frente a la mujer—. Verás, quería preguntarte por uno de mis alumnos.

Rebeca apoyó los codos en la mesa, unió las manos entrelazando los dedos y contempló con curiosidad a aquel profesor que, según decía todo el mundo, tan antipático era.

—Claro —dijo—. Aunque, como comprenderás, no recuerdo de memoria a todos los alumnos del centro; pero tengo aquí sus fichas. ¿De quién se trata?

—Daniel Castro Pizarro.

—Muy bien, veamos —Rebeca tendió la mano para abrir un archivador, pero la dejó suspendida en el aire—. ¿Has dicho Daniel Castro? —preguntó, mirándole de reojo.

—Sí.

—¡Hombre! —exclamó ella, desentendiéndose del archivo—. Hacía mucho que no oía mencionar su nombre.

—¿Lo conoces?

—Claro, ¿cómo voy a olvidarlo? Es uno de mis mayores fracasos. ¿Qué quieres saber?

—Pues no estoy seguro —respondió Julián, intrigado—, lo que puedas contarme.

—Ah, puedo contarte muchas cosas acerca de Daniel Castro; aunque la más importante de todas es que no puedo contarte nada.

—No te entiendo...

—No me extraña; tratándose de Daniel Castro todo es incomprensible. Pero supongo que mejor será empezar por el principio.

La psicóloga desvió la mirada. Mientras ponía en orden sus recuerdos, sacó un paquete de cigarrillos de un cajón, tomó uno, lo acarició entre los dedos y acto seguido lo rompió en dos.

—Hace tres años —dijo al fin—, cuando comencé a trabajar en este colegio, decidí realizar una evaluación psicológica del alumnado mediante la batería usual de test. Ya sabes, personalidad, aptitudes, inteligencia, lo típico. Bueno, el caso es que no encontré nada inusual; ni grandes genios ni deficiencias mentales. La curva estadística era casi idéntica a la de otros grupos similares. Sin embargo, cuando comencé a examinar las pruebas individualmente, tropecé con un alumno cuyos resultados eran un tanto extraños.

—Daniel Castro —aventuró Julián.

—Exacto. Por aquel entonces tenía once años y las puntuaciones que obtuvo eran las de un chico absolutamente normal. Recuerdo que su cociente de inteligencia estaba en 108, lo que significa encontrarse en el puro centro de la normalidad. Sin embargo, había un par de detalles raros. En primer lugar, obtenía resultados muy altos en el área verbal y muy bajos en el área de lógica. Aunque la diferencia resultaba un poco excesiva, tampoco era tan extraño. Pero entonces me fijé en uno de los subtest; se trataba de las clásicas series lógicas numéricas. Había veinticinco, dispuestas en orden creciente de complejidad, y Daniel las había completado todas. Las veintidós primeras mal, las tres últimas bien —la psicóloga hizo un gesto de sorpresa—. ¿Cómo era posible? —prosiguió—. Un muchacho se equivoca en problemas de lógica que están al alcance de cualquier majadero, pero completa a la perfección tres series numéricas que prácticamente nadie consigue resolver. ¿Sabes lo que eso significa?

—Que Daniel había falseado sus respuestas.

—Lo mismo pensé yo; así que hice que Daniel realizara una nueva batería de test. ¿Y cuáles fueron los resultados? Pues idénticos, la misma normalidad, el mismo mediocre IQ de 108. Pero con una diferencia: esta vez, Daniel había obtenido resultados muy altos en lógica y muy bajos en el área verbal. ¡Justo al revés que antes!

—Había manipulado de nuevo las respuestas...

—Por supuesto —Rebeca se inclinó hacia él con una sonrisa—. Pero ¿te das cuenta de lo que eso significa? Tuvo que equilibrar las respuestas de ambos test en áreas distintas para obtener evaluaciones similares, y eso solo lo puede hacer alguien que posea notables conocimientos de psicología —puso cara de perplejidad—. Pero Daniel Castro tenía once años, era un crío... —dejó escapar un suspiro—. El caso es que me entrevisté con él decenas de veces, le sometí a ya ni me acuerdo cuántas pruebas, y lo único que conseguí fue que Daniel me manipulara a su antojo. A veces manifestaba ciertos síntomas, a veces los contrarios; unos días me parecía encontrar en él un cuadro obsesivo; otros, un complejo de Edipo tan grande como la catedral de Burgos, y otros..., en fin, cualquier cosa. Daniel estaba jugando conmigo, así que decidí tirar la toalla.

—Ya veo... —dijo Julián, pensativo—. ¿Y qué piensas de él?

La psicóloga tomó otro cigarrillo y de nuevo, tras unas vueltas entre los dedos, lo rompió sobre el cenicero.

—No logré conocerle —respondió—. Ese chico es un enigma, aunque... Bueno, no te negaré que he acabado desarrollando una teoría: Daniel se oculta.

—¿Se oculta?

—Eso es.

—¿De qué?

—De todo y de todos. Como sabrás, Daniel es un muchacho muy solitario.

—No, no lo sabía.

—Pues lo es; o al menos lo era, y dudo mucho que haya cambiado. No tenía ni un amigo en el colegio; no hablaba con nadie, no jugaba con nadie, estaba siempre solo. ¿Problemas de sociabilidad? —Rebeca negó lentamente con la cabeza—. De eso nada; Daniel tiene sus habilidades sociales en perfecto estado. Lo sé, he hablado mucho con él. ¿Qué le pasa entonces? Muy sencillo: Daniel está solo porque quiere estar solo.

Julián extendió los brazos en un gesto de incomprensión.

—¿Y por qué quiere estar solo? —preguntó.

Rebeca se reclinó en su asiento y cruzó una pierna sobre la otra.

—Como comprenderás, no me limité a hablar con Daniel. También lo hice con sus antiguos profesores y con sus padres. Su madre, por ejemplo, me contó que Daniel, de pequeño, era extremadamente sensible; si veía un perro abandonado, se echaba a llorar; si alguien tenía un problema, perdía el apetito; si veía el telediario, no pegaba ojo en toda la noche. Era tan hipersensible que sus padres le llevaron durante un tiempo a la consulta de un psicólogo infantil (y supongo que fue allí donde ese pequeño cabroncete obtuvo sus primeros conocimientos de psicología) —la mujer respiró hondo—. Imagino que sabes lo que es la empatía...

—La capacidad de sintonizar con las emociones ajenas.

—Eso es. Todas las personas, salvo algunos casos clínicos, poseemos empatía en mayor o menor medida. Pues bien, Daniel era empático hasta un punto casi patológico. Experimentaba como si fueran propias las emociones de los demás: alegría, amor, simpatía, pero también tristeza, dolor, ansiedad, ira... Todo le afectaba. Todo. Y poco a poco fue volviéndose más introvertido. Su madre también me contó que, cuando era muy pequeño, Daniel se inventó un amigo invisible. Lo llamaba el Señor Transparente, o el Niño de Vidrio…, no me acuerdo. El caso es que tenía que inventarse a los amigos, unos amigos con los que poder jugar sin que sus emociones le hicieran daño —Rebeca guardó un breve silencio antes de proseguir—. En cuanto a lo que me contaron sus antiguos profesores, al parecer, durante los años iniciales de su educación primaria, a Daniel se le consideraba un alumno superdotado. A los tres años ya sabía leer y con cuatro escribir. A los cinco era capaz de resolver ecuaciones de segundo grado y..., bueno, créeme, era un genio en potencia. Pero eso cambió de repente.

Rebeca se volvió hacia el archivador y buscó una gruesa carpeta de la que extrajo un fajo de pinturas y dibujos realizados con ceras, *gouache* o rotuladores.

—Esto lo hizo Daniel cuando tenía ocho años —dijo Rebeca, mostrándoselos.

Aquellos dibujos lo parecían todo menos la obra de un niño pequeño. Los temas eran infantiles e ingenuos —escenas navideñas, animales, el recreo...—, pero no así su ejecución. Eran pinturas perfectamente equilibradas, con un brillante manejo del color, excelente composición y un trazo firme y elegante.

—¿Daniel tenía ocho años cuando dibujó eso? —murmuró Julián, genuinamente impresionado—. Es increíble.

—Pues más increíble te va a parecer lo que voy a enseñarte ahora —Rebeca cogió otro fajo de pinturas y se las mostró a Julián—. Esto lo dibujó Daniel cuando tenía diez años.

Los nuevos dibujos no tenían nada que ver con los anteriores; eran torpes, inseguros, desmañados, como si los hubiera realizado un niño especialmente poco dotado para la pintura. Extrañado, Julián contempló a la psicóloga con una muda pregunta en la mirada.

—Sorprendente, ¿verdad? —dijo la mujer—. De pronto, un extraordinario talento para la pintura se convierte en..., en esto —dejó caer los dibujos sobre la mesa—. Y no ocurrió solo con la pintura. A partir de más o menos los diez años de edad, Daniel bajó estrepitosamente su rendimiento escolar. Y su presunta genialidad se acabó transformando en ese discreto 108 de cociente intelectual que aparece en los test. ¿Crees que eso es posible? ¿Puede un superdotado convertirse en un mediocre de la noche a la mañana?

—Supongo que no.

—Claro que no. Daniel oculta su talento, simula ser vulgar.

—Tengo entendido que eso no es tan extraño —repuso Julián—. Muchos superdotados lo hacen.

—Sí, sobre todo las chicas. Pero lo hacen para integrarse en el grupo; bajan de nivel para poder relacionarse normalmente con los demás. Sin embargo, Daniel no quiere integrarse en ningún grupo, no quiere relacionarse con nadie.

—¿Entonces?...

Rebeca tardó largo rato en responder.

—Madurar es un camino duro —dijo con una sonrisa triste—. De niños somos inocentes y de jóvenes idealistas; luego, la vida nos va dando golpes y nos vamos cubriendo de corazas y conchas, hasta convertirnos en los adultos encallecidos e insensibles que somos. ¿Entiendes lo que quiero decir?

Julián asintió con un leve cabeceo; ella no podía imaginarse hasta qué punto lo entendía.

—Con el tiempo —prosiguió la psicóloga—, aprendemos a protegernos de los golpes. Pero ¿y Daniel? —respiró hondo—. Mira, no sé cuál es su auténtico cociente intelectual; una vez intenté calcularlo teniendo en cuenta solo las respuestas acertadas de los dos test que le hice, y el cociente que obtuve se salía de las tablas. Bueno, no es un método muy ortodoxo que digamos, pero no importa; estoy convencida de que Daniel Castro es el ser humano más inteligente que he conocido en mi vida.

—Pues no lo parece.

—No, claro, esa es su especialidad: el disimulo —Rebeca dio un par de golpecitos con el dedo sobre la mesa—. Es extremadamente inteligente, te lo garantizo. Por desgracia, además es hipersensible. ¿Lo comprendes? Daniel, desde muy pequeño, poseía la inteligencia suficiente para ver el mundo tal y como es, sin la menor ingenuidad. Al mismo tiempo, su extremada empatía le convertía en especialmente vulnerable a todo lo que la vida tiene de malo, ruin y desagradable. Pero Daniel era un crío (todavía lo es) y carecía de las defensas necesarias para protegerse, así que optó por seguir la estrategia del camaleón.

—Camuflarse.

—Más que eso: decidió fundirse con su entorno, aislarse, no relacionarse con nadie.

Hubo un largo silencio. Tras reflexionar sobre lo que le había contado la psicóloga, Julián comentó:

—Bueno, es una teoría interesante...

—Y supongo que equivocada —sonrió la mujer—, como casi todas las teorías psicológicas. Pero es lo único que te puedo contar sobre Daniel Castro —se encogió de hombros—. ¿Por qué te interesas por él? ¿Ha pasado algo?

Julián negó con la cabeza; simplemente, sacó de un bolsillo la redacción de Daniel y se la entregó a Rebeca, explicándole previamente de qué se trataba. Una vez que la psicóloga la hubo leído, Julián le comentó la conversación que había mantenido con el muchacho y la posterior entrevista con sus padres.

—Este Daniel... —Rebeca no pudo evitar reírse—. Desde luego, hay que reconocer que tiene imaginación.

—Pues a mí no me ha hecho la menor gracia —repuso Julián, recordando su ridículo encuentro con el matrimonio Castro—. ¿Cómo se le ocurrió decirme que la perra era su hermana pequeña?

—Supongo que es una muestra de su peculiar sentido del humor.

—Pues podría meterse las bromitas por... —Julián dejó la frase en suspenso y exhaló un largo suspiró—. ¿Qué opinas de la redacción? —preguntó.

—Típica de Daniel. Te aseguro que la ha escrito con el expreso propósito de mostrar una fascinación por la muerte, una necrofilia, que desde luego no experimenta de verdad. Está fingiendo.

—Pero ¿por qué? No lo entiendo. Según tu teoría, Daniel intenta pasar inadvertido, y de pronto le da por escribir una redacción tan morbosa que alarmaría a cualquiera que la leyese. Eso no encaja.

—No alarmaría a cualquiera que la leyese —le corrigió la psicóloga—. Alarmaría a la única persona que iba a leer esa redacción. Es decir: a ti. Quiere llamar tu atención.

—¿Para qué? —preguntó Julián con el ceño fruncido.

—No tengo ni idea. Creo que Daniel, a veces, intenta contactar con determinadas personas; pero de una forma extraña, indirecta...

Rebeca perdió la mirada. Fue a echar mano al paquete de tabaco y se contuvo.

—Oye, ¿por qué haces eso? —preguntó Julián.

—¿El qué?

—Romper los cigarrillos nada más cogerlos.

—Es que estoy dejando de fumar, pero se me olvida.

—¿Y por qué no dejas de comprar tabaco?

—Porque se me olvida que no debo comprarlo —Rebeca hizo un breve ademán, como dando a entender que el tema del tabaco carecía de importancia—. Daniel también quiso llamar mi atención —prosiguió—. En el primer test resolvió aquellas tres series numéricas casi imposibles de resolver y, en el segundo, invirtió los resultados manteniendo la misma puntuación que en el primero. De una forma sutil, me estaba diciendo: «Ojo, Rebeca, no soy ese alumno mediocre que dicen tus test; soy mucho más que eso. Descúbreme si puedes»... Pero yo me comporté como una mera psicóloga escolar y jamás llegué a comunicarme con él realmente, de igual a igual. Quizá porque nunca he sido su igual... ¿Recuerdas que te dije que Daniel Castro había sido mi mayor fracaso?

—Sí.

—Pues no fue un fracaso porque no lograra ayudarle, sino porque no conseguí estar a su altura —la mirada de Rebeca se tiñó de ironía y una vaga tristeza—. Resulta gracioso, ¿verdad? Tengo cuarenta y nueve años, y uno de los mayores fracasos de mi vida es no haber estado a la altura de un preadolescente...

Después de hablar con la psicóloga, Julián regresó a la sala de profesores. Aún era la hora de comer y estaba vacía, pero Julián no tenía hambre, de modo que se acomodó frente a su mesa y repasó mentalmente lo que le había contado Rebeca.

Así que Daniel Castro era una especie de salto adelante en la evolución, un muchacho superdotado, un genio encerrado en sí mismo. Es decir: un chico complicado, confuso y problemático, exactamente la clase de alumno con la que Julián no deseaba tener la menor relación. Él era un profesor, no un psiquiatra, ni un sacerdote, ni un asistente social. Un profesor. Punto. Le pagaban por enseñar Lengua y Literatura, no por resolver los problemas de sus alumnos.

No obstante, tenía que hacer algo con Daniel. La redacción necrófila, las mentiras sobre su perra-hermana, la absurda entrevista con el matrimonio Castro... Puede que Daniel fuese un pequeño Einstein, pero también era un mentiroso, un liante que se merecía una buena bronca y un castigo ejemplar.

Aunque hoy no, decidió Julián, sintiéndose de repente muy cansado.

Mañana...

* * *

El dormitorio de Raúl Jordán está sumido en una oscuridad apenas disipada por el resplandor de las farolas que se cuela a través de la ventana. Los dígitos luminosos del despertador marcan las cuatro y veintiséis de la madrugada. Raúl está dormido en la cama; solo se escucha el acompasado susurro de su respiración.

Poco a poco, el muchacho, todavía dormido, comienza a agitarse y a musitar palabras de alarma. Dice ¡vete!, dice ¡no!, dice ¡no, por favor!... Sus facciones se contraen en un rictus de miedo, su aliento se acelera.

De pronto, Raúl se incorpora bruscamente, igual que un resorte, con los ojos transidos de terror y la boca desencajada en un grito mudo. Antes, cuando la pesadilla le despertaba, Raúl no podía evitar gritar a todo pulmón, pero su padre le castigaba cada vez que lo hacía, así que el muchacho aprendió a no gritar o, al menos, a no hacerlo en voz alta.

Ahora Raúl está despierto, aunque tarda unos segundos en recuperar el sentido de la realidad. Se encuentra en su cuarto, a salvo. Respira aliviado y se sienta en la cama. Un sudor frío le corre por la frente mientras el corazón le late desbocado. Apoya los codos en las rodillas y oculta la cara entre las manos.

Ha vuelto a soñar con el Ciervo Rojo.

Hace tiempo que sueña lo mismo, la misma pesadilla, siempre idéntica. En su sueño, Raúl está desnudo en medio de una frondosa selva. Es de noche, pero puede distinguir la vegetación que le rodea gracias al resplandor de la hoguera que arde a su lado. Desde la oscuridad le llegan sonidos de animales: aves, roedores, monos y algún que otro mamífero más grande y amenazador. Raúl se siente un poco inquieto, pero piensa que mientras se mantenga junto al fuego estará a salvo.

De repente, los ruidos de la jungla enmudecen y empieza a oírse un lejano batir de tambores. Es un sonido monótono y primitivo que llena de aprensión al muchacho. Súbitamente, el tabaleo se interrumpe y un silencio sobrenatural invade la selva. Transcurren unos segundos y comienza a oírse el eco de unas pisadas aproximándose. Son los pasos de un ser grande y pesado, pasos que hacen vibrar la tierra.

Entonces aparece él, iluminado por el resplandor de la hoguera. Es un hombre inmenso, muy fuerte, un coloso tallado en piedra bermeja. Está desnudo, salvo por un breve taparrabos, pero tiene el cuerpo enteramente embadurnado de arcilla rojiza. En la mano derecha sostiene una lanza con punta de sílex. Su rostro permanece oculto tras una máscara con forma de cabeza de ciervo.

Es el Ciervo Rojo.

Raúl profiere un gemido e intenta huir, pero no consigue moverse.

El Ciervo Rojo comienza a aproximarse a él, muy despacio.

—¡Vete! —intenta gritar Raúl, pero de su boca solo brota un hilo de voz.

El Ciervo Rojo se detiene frente a él y, desde su desmesurada estatura, le contempla largamente.

—No... —musita Raúl.

El Ciervo Rojo enarbola su lanza con el sílex de la punta orientado hacia el muchacho.

—¡No, por favor!... —suplica Raúl.

Entonces, como una ballesta de carne arcillosa, el Ciervo Rojo arroja el venablo contra él. En ese momento, antes de que la lanza le atraviese, Raúl se despierta con un grito agazapado en la garganta. Siempre es así, siempre igual.

Raúl se limpia el sudor de la frente con el antebrazo y pierde la mirada; hacía tres semanas que no soñaba con el Ciervo Rojo, pero ahora el coloso enmascarado ha vuelto. Raúl consulta la esfera del despertador: las cuatro y media; faltan más de tres horas para que salga el sol, pero sabe que no conseguirá volver a dormirse.

Como no quiere afrontar el insomnio, ni quedarse tumbado con los ojos abiertos, ni dar vueltas en la cama, Raúl decide buscar refugio en el ejercicio físico, sudar, cansarse, aturdirse. Se tumba en el suelo, boca abajo, y comienza a hacer flexiones. Una, dos, tres, diez, veinte, treinta... Puede que si hace un millón de flexiones consiga agotarse lo suficiente como para conciliar un sueño sin pesadillas.

* * *

—Así que Maika, tu hermanita, está muy enferma y no verá la Navidad, ¿eh?

El rostro de Julián Echevarría mostraba tanta cólera a duras penas reprimida que Daniel decidió adoptar el silencio como medida más prudente.

—¿Y qué tal?, ¿sigues haciéndote el muerto? —prosiguió Julián con acidez—. ¿Te has tumbado últimamente en la cama pensando que te pudres y te llenas de moscas?

Daniel permaneció mudo e inexpresivo. Después de clase, mientras los demás alumnos salían al patio, el profesor le había pedido —ordenado más bien— que se quedara en el aula porque tenían que hablar. Daniel sabía que negros nubarrones se cernían sobre él, pero no le importaba, sentía curiosidad; sabía que el señor Echevarría había vuelto a beber (menta en el aliento), aunque estaba menos borracho que en otras ocasiones. Tal vez solo hubiese tomado un par de copas...

—Pero, bueno, ¿me estás oyendo?

Daniel movió afirmativamente la cabeza y Julián resopló.

—¿Te has vuelto loco o qué? ¿Cómo se te ha ocurrido hacer algo así?

Daniel se encogió de hombros.

—¿Sabes que ayer hablé con tus padres?

—Sí, me lo dijeron...

—¡Vaya, pero si habla! —Julián alzó los brazos, como agradeciendo a los dioses que el muchacho hubiera roto su mutismo—. ¿Y te contaron lo que pasó?

—Más o menos.

—¿Más o menos? Me tomé tu redacción en serio, ¡y además estuve hablando de un maldito chucho como si fuera una niña desahuciada! ¿Sabes cómo me sentí?

—¿Ridículo? —sugirió Daniel.

Julián le fulminó con la mirada y contó mentalmente hasta diez.

—Supongo —dijo, procurando que su voz sonara calmada— que habrás tenido algún buen motivo para escribir esa redacción. ¿O es que eres una versión *gore* de Daniel el Travieso?

Daniel esbozó una sonrisa, pero no dijo nada.

—¿Y por qué me mentiste? —continuó Julián, progresivamente indignado—. ¿Por qué demonios me hiciste hacer el imbécil delante de tus padres?

—Para que sepa que existo —respondió el muchacho en voz baja.

—¿Qué?...

—Que escribí esa redacción y le mentí para que usted sepa que yo existo.

—Ya sabía que existes, maldita sea. Estás en mi clase.

—Para usted solo era un nombre en una lista. Ahora ya me conoce y se acordará de mí.

—En eso tienes razón; lo difícil va a ser olvidarte —Julián sacudió la cabeza—. Así que has montado este follón para que yo me entere de que existes.

—Sí.

—¿Y por qué narices tienes tanto interés en que conozca tu existencia?

—No sé, quizá valga la pena...

—¿El qué?

—Usted.

Julián parpadeó, confundido. Abrió la boca para proseguir con la reprimenda, pero volvió a cerrarla; se había quedado sin argumentos. Todo estaba dicho y seguir hablando sería repetirse. Además, la actitud de Daniel no era la de un muchacho pillado en falta, no mostraba temor, ni arrepentimiento, ni desafío; se limitaba a mirarle con fijeza, como si fuese él quien estuviera evaluando al profesor y no al revés.

—¿Sabes que eres muy raro? —dijo Julián con cansancio.

—Sí, me lo dice mucha gente.

Julián alzó el dedo índice y lo agitó admonitoriamente delante del muchacho.

—Escúchame bien, Daniel: no quiero más mentiras, ni más redacciones raras, ni más bobadas. No quiero volver a saber de ti en todo el curso. ¿Está claro?

Daniel asintió. El profesor respiró hondo y dejó escapar el aire lentamente.

—Vete —dijo.

—¿Qué?

—Que te vayas. ¿Es que estás sordo?

Daniel le contempló con sorpresa.

—¿No me va a castigar? —preguntó.

—Todos los castigos que se me ocurren son ilegales —Julián se pasó una mano por la nuca, como si le doliera la cabeza—. Anda, vete antes de que cambie de idea. Y recuerda que no quiero saber nada de ti, ni siquiera que existes.

* * *

(10 de octubre) A veces hago cosas sin saber muy bien por qué. No sé por qué organicé el lío de la bomba de humo (vale, sí, para conseguir el expediente del señor Echevarría; pero fue una pasada). No sé por qué

escribí aquella redacción, no sé por qué dije que Maika-come-libros era mi hermana. Ahora que lo pienso, todo eso es absurdo. ¿Por qué me meto en tantos líos? Papá me ha castigado sin salir y sin Internet durante dos semanas, mamá ha estado llorando, el señor Echevarría me odia, ¿y qué he conseguido yo? Nada. De verdad, no sé por qué lo he hecho.

Bueno, sí que lo sé. Mr. Cristal piensa que el Profesor Furia tiene... potencial. Pero ¿potencial para qué? El señor Echevarría bebe mucho y está siempre cabreado, eso es todo. Dentro de él hay un agujero negro del que no puede salir nada, salvo rayos gamma y malos rollos. Es un profesor desastroso al que le importan un bledo desde el primero hasta el último de sus alumnos, empezando por mí.

Sin embargo, el chico invisible cree que tiene potencial.

Vale, estoy divagando; no sé por qué meto a Mr. Cristal en esto. El responsable soy yo; única y exclusivamente yo. Yo, yo, yo, yo, yo y mil veces yo. Pero es que a veces..., no sé, es como si el mundo se llenara de telarañas, como si todo se cubriera de polvo y el tiempo se detuviera, porque cada día es igual al anterior e idéntico al siguiente, porque nadie siente, ni dice, ni hace, porque de tanto repetirlo todo, nada significa nada. Entonces tienes que actuar, hacer algo, moverte en sentido contrario, porque, si no lo haces, tú también te acabas llenando de polvo y telarañas...

...

¡Pufff! Acabo de releer lo que he escrito y no me extraña que digan que soy raro. Bueno, son repentes que me dan, no hay que hacerme mucho caso. En fin, vale, que he hecho el imbécil, lo reconozco.

De todas formas, el señor Echevarría no me ha castigado. Y lo más importante de todo: por primera vez me ha llamado por mi nombre y de tú.

* * *

Con todo aquel jaleo, Julián Echevarría se había olvidado de puntuar las redacciones, así que aquella noche se quedó hasta pasadas las doce corrigiendo y bebiendo, bebiendo y corrigiendo. Al concluir la tarea, formó un montón con los folios y lo dejó sobre una de las cajas de cartón que se amontonaban en la sala de estar. Después de tomarse la última copa se dirigió a su dormitorio; una vez allí, al ver su chaqueta colgando de una silla, cayó en la cuenta de que todavía faltaba un texto por corregir. Sacó la redacción de Daniel Castro del bolsillo interior de la americana, la desplegó, leyó el título con el ceño fruncido. *La compañía de las moscas*. Destapó un rotulador rojo, trazó un rotundo cero en la esquina superior derecha de la redacción y la llevó junto a los demás trabajos. Luego, regresó a su cuarto, se desvistió hasta quedarse en calzoncillos, se metió en la cama y apagó la luz.

Sin embargo, pese a la bebida y el cansancio, no logró dormirse. Se removía en la cama, cambiaba de postura, intentaba no pensar en nada, pero el sueño se resistía a llegar. Era como si el colchón se hubiera vuelto duro e incómodo, aunque el problema no residía en la cama, sino en él. Había hecho algo incorrecto. Al cabo de media hora, Julián se levantó, fue a la sala, buscó la redacción de Daniel, empuñó el rotulador y añadió un uno delante del cero que había puesto en un principio, convirtiendo la nota en un diez.

Puede que Daniel Castro fuera un farsante y un gamberro, pero su redacción era buena. Julián se tomó una copa rápida, regresó al dormitorio y, esta vez sí, se quedó profundamente dormido.

El otoño prosiguió su avance implacable, alfombrando la tierra con un manto de hojas muertas. El clima se volvió más fresco y los días progresivamente más cortos. Llovió, hubo una breve mejoría, volvió a llover. Durante dos semanas, nada inusual ocurrió en el colegio Anna Frank.

Al cabo de ese tiempo, el veinticuatro de octubre, Armando Castro le levantó el castigo a su hijo y Daniel pudo volver a entrar en Internet.

www.world-widechat.com

Public Zone

(Enter)> Mr_Cristal
Arbuckle> hola cris, cuánto tiempo sin saber de ti
Mr_Cristal> Hola, Arbuckle. ¿Cómo estás?
Arbuckle> como siempre: tumbado. Y tú? Hace meses que no apareces por aquí

Mr_Cristal> 2 semanas, no exageres. El IMSERSO organizaba un viaje por Andalucía y me apunté
Arbuckle> joé, cómo vivís los jubilatas... q tal por el sur?
Mr_Cristal> Bien. Calorcito para mis viejos huesos.
Arbuckle> me alegro. Aquí ha hecho un tiempo asqueroso. Oye, juegas luego una partida?
Mr_Cristal> ¿Quieres que te gane otra vez? ;)
Arbuckle> me encantaría saber cómo es posible que un achacoso carcamal de 72 años, cuya máxima actividad cerebral debería consistir en dar de comer a las palomas, consigue ganar tantas veces al ajedrez :(
Mr_Cristal> Jugando contra incompetentes :)
Arbuckle> jajaja Maldito viejo! Esta vez morderás el polvo. Bueno, juegas luego, cris?
Mr_Cristal> Claro!
Arbuckle> por cierto, sabes quién está aquí? papaya
Mr_Cristal> Hola, dulce Papaya.
Papaya> Hola Mr Cristal
Mr_Cristal> ¿Cómo estás?
Papaya> Te he echado de menos :(
Mr_Cristal> Lo siento, me fui de viaje al sur.
Papaya> Bueno, pero ya has vuelto :)
Arbuckle> oye, cris, leí el libro que me recomendaste
Mr_Cristal> Cuál?

Arbuckle> historia de la filosofía occidental, de bertrand russell
Mr_Cristal> Ah, sí... q te pareció?
Arbuckle> interesante, aunque un poco simplista en mi opinión. Por ejemplo, cuando russell analiza la dialéctica hegeliana aplicada al...

(PRIVATE MESSAGE) Papaya> ¿Podemos hablar en privado, Mr_Cristal?
(PRIVATE MESSAGE) Mr_Cristal> Claro, Papayita; cuando a Arbuckle le da por la filosofía puede estar horas hablando solo. Nos vemos en la zona privada

Private Zone

(Enter)> Mr_Cristal
(Enter)> Papaya
Mr_Cristal> ¿Te sucede algo, Papayita? ¿Estás bien?
Papaya> Sí... No, Mr Cristal, no estoy bien
Mr_Cristal> ¿Qué te pasa?
Papaya> No lo sé... Hace unos diez días volví a recaer. De cabeza al pozo oscuro otra vez
Mr_Cristal> ¿Sucedió algo?
Papaya> No, nada... o todo. Mírame, Mr Cristal; ¿qué soy?
Mr_Cristal> Una chica inteligente, dulce y maravillosa.
Papaya> Sí, muy inteligente y muy

maravillosa... Acabo de cumplir 23 años y no tengo amigos, ni trabajo, ni pareja... Por amor de dios, ni siquiera me atrevo a salir de casa y hasta hace poco tenía problemas incluso para comer. Soy patética

Mr_Cristal> Te estás compadeciendo de ti misma y eso no me gusta nada :(

Papaya> Digo la verdad. Los años pasan y todo sigue igual. Estoy encerrada en mí misma. Ni siquiera puedo asomarme a una ventana porque me mareo y si, por algún milagro, me encuentro con un desconocido, me sonrojo y no sé qué decir. ¿Qué clase de vida es esa? El otro día... bueno, estaba sola en casa y me sentía tan mal que... cogí un puñado de pastillas y estuve mucho rato frente al espejo del baño, con las pastillas en la mano, pensando que lo mejor sería acabar de una vez con todo

Mr_Cristal> NO

Mr_Cristal> ¡NO NO NO! ¡ESO NI SE TE OCURRA!

Papaya> No lo hice...

Mr_Cristal> Ya supongo que no estoy hablando con un fantasma. Pero bueno, ¿te has vuelto loca o qué? Dices que todo sigue igual, pero hace año y medio tenías problemas con la comida y ya los has superado. Y dentro de poco podrás salir de casa, ya lo verás. Y además dices que no tienes amigos... Pero bueno, entonces ¿yo qué soy? :(

Papaya> Un buen amigo, Mr Cristal. Perdona. Es que estos días necesitaba hablar y no estabas

Mr_Cristal> El viaje, lo siento. ¿Por qué no hablaste con Arbuckle, con Pink o con alguno de los otros?

Papaya> Son buena gente, pero no son como tú

Mr_Cristal> Venga, solo soy uno más

Papaya> No, me has ayudado mucho, Mr Cristal; hablar contigo hace que me sienta mejor. Nunca he conocido a nadie tan sabio y comprensivo como tú

Mr_ Cristal> (me estoy poniendo colorado) Gracias, Papayita, pero exageras. Deberías tener más fe en ti misma y menos en mí. Además, esto es un chat, no sabes quién soy yo en realidad. Crees que soy un jubilado viudo de 72 años, pero podría ser un ama de casa, o un policía, o un adolescente. Esto es un baile de máscaras, dulce Papaya; nada es lo que parece. No sabes quién soy.

Papaya> Me da igual quién seas. Solo sé que sabes escuchar y que eres bueno

Mr_Cristal> Venga, basta ya de darme coba, Papayita, que no es para tanto. Ahora hablemos de ti: no quiero que vuelvas a pensar siquiera en hacer una tontería, ¿está claro?

Papaya> Sí

Mr_Cristal> Y no quiero verte deprimida.

¿Fuiste al médico? ¿Estás tomando la medicación?

Papaya> Sí, pero... no me gustan las medicinas. Me aturden

Mr_Cristal> Y te ayudan. No debes dejar de tomarlas.

Papaya> Supongo que tienes razón

Mr_Cristal> La tengo, Papayita. ¿Sabes?, he estado pensando en ti estos días, durante el viaje, y he llegado a la conclusión de que en el fondo tienes suerte: vas a nacer de nuevo.

Papaya> ??? no te entiendo, Mr Cristal

Mr_Cristal> Mira, ahora vives encerrada en tu casa; es como si estuvieras dentro de una matriz. El día que cruces la puerta y salgas a la calle será como nacer. Y eso ocurrirá muy pronto, Papayita, porque el malestar que notas ahora es como el dolor del parto. Dentro de poco, cuando salgas de casa, cuando nazcas otra vez, te transformarás en una persona nueva, con todas tus maravillosas cualidades, pero sin inseguridad ni problemas. Por eso digo que tienes suerte, porque no todo el mundo tiene la oportunidad de volver a nacer.

Papaya> Nunca lo había pensado... Ojalá tengas razón

Mr_Cristal> La tengo. Ten paciencia

(PRIVATE MESSAGE) Arbuckle> pero bueno, dónde puñetas estáis? Me habéis dejado solo :(

Mr_Cristal> Estamos siendo maleducados con Arbuckle, Papayita.

Papaya> Si

Mr_Cristal> Si quieres, seguimos hablando esta noche.

Papaya> De acuerdo

Mr_Cristal> Bueno, pues volvamos con Arbuckle.

Papaya> Vale

(Exit)> Mr_Cristal

(Exit)> Papaya

Public Zone

Mr_Cristal> Perdona, Arbuckle. Estaba comentando algo con Papaya

Arbuckle> muy bonito. Yo aquí, disertando sobre el argumento ontológico y el materialismo dialéctico y vosotros ahí, de cháchara, sin hacerme ni puñetero caso :[

Papaya> Lo siento, Arbuckle; ha sido culpa mía. Disculpadme los dos, tengo que irme. Adiós

Arbuckle> bye, papa

Mr_Cristal> Hasta luego, dulce Papaya.

(Exit)> Papaya

Arbuckle> q le pasa a papaya?

Mr_Cristal> La depresión otra vez.

Arbuckle> esa chica es muy inestable. Me parece que usa Internet como un sucedáneo de la vida real

Mr_Cristal> Mira quién habló: otro que no sale jamás de casa y está todo el día metido en la red.

Arbuckle> eh, cuidado, que lo mío es por una minusvalía física...

Mr_Cristal> Sí, ser el hombre-hipopótamo. ¿Has perdido peso? ¿Has bajado ya de los 200 kg?

Arbuckle> vas a echarme la bronca?

Mr_Cristal> ¿Valdría de algo? Es muy fácil ver la paja en el ojo ajeno, ¿pero que me dices de ti? Papaya tiene problemas, sí; pero tú también :(

Arbuckle> vale, vale, no te mosquees. Desde luego, para ser un anciano achacoso tienes muy mal genio

Mr_Cristal> Yo seré un viejo, pero tú eres una foca. ¿Cuándo vas a decidirte a adelgazar?

Arbuckle> mira cris, ya conozco el sermón; sé que tienes razón y te lo agradezco, pero lo hablamos otro día, vale? Ahora, q tal si jugamos una partidita? :]

Mr_Cristal> mmmm... De acuerdo, gordo seboso. ¿Quieres que te dé una torre de ventaja?

Arbuckle> guárdate las jactancias para el tablero, carcamal. Nos vemos en la zona de ajedrez. Mesa 150

Mr_Cristal> Allá voy

(Exit)> Arbuckle

(Exit)> Mr_Cristal

* * *

Puede que todo comenzara el día que Julián, durante la clase que impartía a los alumnos de bachillerato, pidió que le entregaran los trabajos que habían realizado sobre *La importancia de llamarse Ernesto*, de Oscar Wilde. Sí, puede que ese fuera el comienzo del desastre, o quizá fue algo antes, o quizá un poco después; es imposible determinarlo. Sin embargo, aquel día sucedió algo que habría de tener gran importancia en relación con los sucesos que, meses después, sacudirían los cimientos del colegio Anna Frank. Y aunque en realidad no hubo culpables, sino solo víctimas, no sería excesivamente errado afirmar que parte de la culpa la tuvo el nuevo profesor de Literatura.

Pero nadie podía presagiar lo que iba a suceder; al principio no fue más que una anécdota, un incidente más entre los muchos que suceden diariamente en las aulas. Al iniciarse la clase, Julián pidió los trabajos y, una vez que los hubo recogido todos, repartió unos ejercicios de análisis de texto. Mientras los alumnos los realizaban, él comenzó a revisar por encima los trabajos. Hojeó el primero, hojeó el segundo y el azar quiso que el tercer trabajo fuera el de Raúl Jordán.

—Señor Jordán —dijo el profesor, contemplando con extrañeza los folios grapados que sostenía en la mano—, ¿tendría la amabilidad de levantarse?

Raúl se incorporó; Julián le miró de soslayo y prosiguió:

—A lo mejor estoy equivocado, pero creo recordar que les dije que leyeran *La importancia de llamarse Ernesto* y realizaran un estudio crítico sobre la obra. ¿Es así, señor Jordán?

—Sí...

Julián alzó los folios mecanografiados.

—¿Es este su trabajo?

—Sí...

—Bueno, pues no acabo de entenderlo, porque al parecer su trabajo versa sobre *Enrique V*, de William Shakespeare. ¿Cómo es posible?

Raúl, erguido como un soldado pasando revista, se mantuvo inexpresivo.

—He preferido leer a Shakespeare —dijo—. Era inglés, como Wilde, y *Enrique V* también es teatro, como la otra obra.

—Dejando aparte el hecho de que Oscar Wilde no era inglés, sino irlandés, creo que soy yo quien decide los autores y los textos sobre los que vamos a trabajar en clase. ¿O es que antes debería consultarlo con usted, señor Jordán?

—No, pero...

—Pero ¿qué?

—Prefiero no leer a Wilde.

—Prefiere no leer a Wilde... —Julián hizo un gesto de perplejidad—. ¿Y eso?

Raúl dudó unos instantes y tragó saliva.

—Porque Oscar Wilde era marica...

Julián acalló con un gesto las risas que estallaron en el aula.

—Vaya, el señor Jordán no se anda por las ramas.

Podría haber dicho «homosexual» o, puestos a emplear un eufemismo, «gay». Pero no, ha preferido decir «marica», una palabra mucho más contundente, qué duda cabe. Y dígame, señor Jordán, ¿qué tienen que ver las preferencias sexuales de Wilde con su obra como escritor?

Raúl sintió que todas las miradas convergían en él.

—Era marica —repitió, como si eso lo explicara todo; y añadió—: Un degenerado.

—Ah, ya entiendo —la mirada de Julián se tiñó de sarcasmo—; como Wilde era un degenerado, su obra tiene que ser degenerada, ¿verdad?

—Sí.

—Interesante teoría. Según ella, *En busca del tiempo perdido* de Proust, por ejemplo, es basura degenerada, igual que las obras de García Lorca, Truman Capote, Pier Paolo Pasolini, Gil de Biedma o Walt Whitman. Todos esos escritores fueron «maricas», como usted dice señor Jordán, de modo que sus textos no deben ser leídos. A la hoguera con ellos, ¿no es así?

Raúl guardó un reconcentrado silencio.

—¿Qué pasa, señor Jordán? —continuó el profesor—. ¿Piensa que si lee a un degenerado como Wilde puede contaminarse? ¿Tan poco seguro se siente de su virilidad que teme perderla por una simple obra de teatro?

Sonaron una cuantas risas. Raúl encajó la mandíbula.

—Soy un hombre —dijo entre dientes.

—Oh sí, todo un machote —replicó Julián en tono

aburrido—. Mire, señor Jordán, puede que lo que ha escrito sobre el *Enrique V* de Shakespeare sea una maravilla, pero ni siquiera me molestaré en leerlo. No es lo que yo pedí, de modo que consideraré su trabajo como no presentado. Puede sentarse. Continúen con el ejercicio.

Julián no se percató —cuando daba clase apenas se fijaba en nada ni en nadie—, pero la mirada de Raúl permaneció mucho rato fija en él; era una mirada intensa, despojada de parpadeos, una mirada llena de odio y resentimiento.

Cuando el joven retomó de nuevo su ejercicio de análisis de texto, sujetaba con tanta fuerza el bolígrafo que la punta rasgó el papel.

* * *

(25 de octubre) Hoy he encontrado algo inesperado en Internet. Estaba utilizando Google para conseguir unos datos cuando se me ocurrió que podría usar el buscador para ver si había algo sobre el señor Echevarría en la Red. Tecleé «julian+Echevarría», pulsé Enter y aparecieron 832 sitios web. Demasiados. Escribí «julian+Echevarría+literatura» y obtuve 335 entradas. Muchas.

Lo intenté con «julian+Echevarría+literatura+pamplona» y encontré 62 páginas web. Bueno, eso era accesible, así que me puse a revisarlas y di con algunas cosas: cuatro artículos publicados por el señor Echevarría hace años, seis menciones a su actividad en diversos seminarios universitarios y un par de citas aisladas.

Y algo más: un libro. Hace siete años, Julián Echevarría publicó un libro. ¡Una antología poética! Parece increíble, ¿verdad? El malhumorado, insensible y antipático señor Echevarría escribiendo poemas...

Tengo que conseguir ese libro.

* * *

Durante los fines de semana, Julián Echevarría solía quedarse en la cama hasta muy tarde. A eso de las doce, se daba una ducha, se vestía, salía a comprar el periódico y lo hojeaba en un bar mientras daba cuenta de las primeras cervezas del día. Luego, regresaba a su pequeño apartamento y seguía bebiendo cerveza mientras preparaba la comida, que invariablemente consistía en alguna conserva, un congelado o un precocinado. Por la tarde, se quedaba en el dormitorio, tumbado delante de la televisión. El aparato estaba mal sintonizado y algunos canales, la mayoría, se veían cuajados de interferencias y estática, pero a Julián le daba igual. En realidad, no prestaba atención a los programas; la luminiscencia de la pantalla era una especie de ojo hipnótico que le permitía no pensar en nada mientras bebía lata tras lata de cerveza. A media tarde, Julián cambiaba la levedad del lúpulo por tragos más fuertes, whisky, ron, ginebra o vodka, dependiendo del día y de su humor. Aquel tobogán alcohólico solía prolongarse hasta el anochecer; a veces cenaba algo, pero por lo general no lo hacía y seguía bebiendo hasta que la anestesia del alcohol le sumía en la inconsciencia.

Pero en ocasiones, cuando llevaba demasiado tiempo encerrado en la soledad de su apartamento, Julián salía a la calle y paseaba, o se sentaba a la mesa de alguna cafetería, como si necesitara comprobar de vez en cuando que el mundo exterior seguía existiendo. Eso fue lo que ocurrió el último sábado de octubre; Julián llevaba tanto tiempo encerrado que las paredes del apartamento se le caían encima, así que poco después de las siete de la tarde decidió salir a dar una vuelta. Anochecía. Un eco tardío del verano había subido unos cuantos grados la temperatura. Julián se acomodó en una terraza, le pidió al camarero un whisky y perdió la mirada en el trasiego de la calle, procurando mantener la mente en blanco. Tres copas más tarde, justo cuando el alcohol comenzaba a hacer sentir en él su efecto adormecedor, una voz le sobresaltó:

—Buenas tardes, señor Echevarría. Qué sorpresa.

Julián giró la cabeza y vio a su lado a un muchacho vestido con vaqueros, camisa azul oscuro y deportivas. Al principio no supo reconocerle; le sonaba su cara, pero... entonces, de repente, lo identificó.

—Daniel Castro... ¿Qué demonios haces aquí?

—Estaba paseando y me pareció verle. ¿Puedo sentarme?

—No. Vete.

Sin hacerle el menor caso, Daniel tomó asiento frente al profesor y le dedicó una inocente sonrisa.

—Qué casualidad, ¿verdad?

Julián entrecerró los ojos.

—Oye, ¿tú dónde vives? —preguntó.

—Cerca del colegio.

—¿Y eso no queda un poco lejos?

—Sí, bueno, es que estaba en casa de un amigo, aquí al lado. ¿Usted también vive por aquí?

Daniel conocía perfectamente la dirección de Julián; la había leído en su expediente.

—No —mintió el profesor—. Mira, me ha encantado verte, pero ahora ¿por qué no te largas?

Julián estaba firmemente decidido a deshacerse de aquel inesperado intruso que amenazaba con perturbar el plácido discurrir de su embriaguez, pero entonces apareció el camarero y el muchacho aprovechó la ocasión para pedirle una Coca Cola.

—¿Cómo le va, señor Echevarría? —preguntó Daniel.

—Pues ya ves, aquí, tranquilo..., hasta ahora.

Daniel sonrió aún más ampliamente.

—La verdad es que ha sido una suerte que nos hayamos encontrado —dijo.

—¿Ah, sí? ¿Por qué?

—Porque podremos charlar un rato y conocernos mejor.

—¿Y crees que tengo ganas de conocerte mejor después de lo que hiciste?

—No sé, pero yo sí quiero conocerle a usted. ¿Por qué no hablamos un poco?

Julián suspiró con desánimo.

—Vale —claudicó—. ¿De qué hablamos?

—No sé. De literatura, por ejemplo. ¿Qué ha leído últimamente?

—Nada.

—Algo habrá leído. Usted es profesor de literatura.

—¿Y qué?

—Pues que le gustará leer, digo yo.

Julián se encogió de hombros.

—Antes sí. Ahora me aburre.

—¿Sí? Qué pena. A mí me encanta leer. Ayer acabé *Pedro Páramo*, de Juan Rulfo, y me encantó. ¿La ha leído?

—Sí.

—¿Y qué le pareció?

—Bien —respondió escuetamente Julián.

—¿Qué me recomienda que lea ahora?

—Lo que te dé la gana.

Se produjo un largo silencio. El camarero trajo la Coca Cola y la sirvió en un vaso largo, con dos hielos y una rodaja de limón.

—Se está haciendo tarde —dijo Julián—. Te tomas rapidito el refresco y te largas, ¿de acuerdo?

Daniel asintió con un cabeceo. Le dio un sorbo a la bebida, dejó el vaso sobre el velador y dijo:

—¿Puedo hacerle una pregunta personal?

—Por supuesto que no.

—¿Por qué está usted tan enfadado?

—¿Que por qué estoy enfadado? Pues por dos motivos: primero porque me mentiste y, segundo, porque estás aquí dándome la lata.

—No, no me refiero a mí; lo digo en general. Usted está siempre enfadado.

Julián hizo un gesto a medio camino entre el rechazo y la perplejidad.

—Eso no es cierto... —protestó.

—Sí que lo es.

—Soy profesor; un profesor severo, o un hueso si lo prefieres. Pero eso no tiene nada que ver con mi carácter.

Daniel le dio un trago a su refresco y negó con la cabeza.

—Usted está enfadado con los malos alumnos, y con los buenos, y con los otros profesores, está siempre enfadado con todo el mundo. De verdad, esta vez no le miento.

Confuso, Julián arrugó el entrecejo y se preguntó cómo era posible que la conversación hubiera derivado por tales derroteros.

—Oye, mira, yo... —sacudió la cabeza—. Esto es increíble; ¿por qué narices tengo que darte explicaciones?

—Quizá le siente bien hablar.

Julián le miró con ironía.

—¿En serio crees que me sentaría bien hablar con un crío?

La sonrisa de Daniel se amplió. Apuró de un trago su bebida y dijo:

—No soy un crío y usted lo sabe —se puso en pie—. Bueno, ya le he entretenido mucho. ¿Me invita a la Coca Cola?

—¿Eh?..., sí, claro...

—Gracias —Daniel echó a andar hacia la parada del autobús—. Adiós, señor Echevarría; ya nos veremos en clase.

El profesor se despidió con un ademán y se quedó mirando cómo la figura del muchacho se empequeñecía poco a poco en la distancia.

—Pero qué raro es este chico... —murmuró cuando desapareció de su vista.

* * *

(29 de octubre) Me ha costado muchísimo localizar la antología poética del señor Echevarría. Se llama *Pasajero del viento* y la editó una pequeña editorial de Pamplona. El caso es que no di con ella en ninguna de las librerías de viejo de Madrid, ni en librerías especializas en poesía, ni en ninguna parte. Incluso llamé por teléfono a la editorial, y me dijeron que la empresa había quebrado hacía cuatro años. Por fin anteayer, en un foro literario de Internet, uno de los participantes («Caulfield») me habló de una pequeña librería para bibliófilos en Pamplona. Llamé por teléfono y, premio, tenían un ejemplar de *Pasajero del viento.* Me lo mandarán por correo dentro de un par de días. Estoy deseando leerlo.

* * *

El coronel Eduardo Jordán es un devoto del ejercicio físico, por eso tiene instalado un gimnasio en el sótano de su chalé adosado. Hay espalderas, bancos de musculación, una bicicleta estática, pesas, un saco de arena colgando del techo y, en un rincón, un cuadrado de lona donde puede practicar el boxeo. El coronel también es un enamorado del pugilismo; de hecho, durante su juventud obtuvo la medalla de bronce del Peso Welter en un campeonato militar.

Ahora Raúl, su hijo, está en el gimnasio, alzando pesas. Para ingresar en la Academia, no solo hay que superar un examen y contar con un inmejorable expediente académico, también hay que superar una serie de pruebas físicas. Cincuenta metros en menos de ocho segundos, un kilómetro en un máximo de cuatro minutos, no menos de cuarenta centímetros de salto vertical... Raúl mejora con creces esas marcas, pero sigue ejercitándose todos los días sin excepción. Tiene que ser el mejor.

La puerta de la escalera que conduce a la casa se abre y don Eduardo, cubierto con una camiseta y unos pantalones cortos, entra en el gimnasio. Sin dirigirle siquiera una mirada a su hijo, descuelga unos guantes de boxeo, se los pone, fija las tiras de velcro —para las del guante derecho necesita usar los dientes— y comienza a golpear el saco de arena. Primero un directo, después un *crochet,* luego dos *jabs* de izquierda seguidos de un fuerte *uppercut*; los golpes resuenan como secos trallazos en la quietud del sótano. De pronto, don Eduardo se detiene y mira de reojo a Raúl, que se encuentra tumbado sobre un banco, alzando un doble círculo de pesas.

—Ya se ha abierto la veda —dice.

Don Eduardo Jordán también es un entusiasta de la caza.

—Sí, señor —responde Raúl—; el día quince.

—He estado hablando con Lucas y Ramón, ya los conoces, y hemos planeado ir de caza dentro de un par de semanas —don Eduardo lanza dos *crochet* consecutivos contra el saco—. Tú vendrás —añade.

—Muy bien, señor —Raúl practica la caza desde muy pequeño—. ¿Qué vamos a cobrar? ¿Perdiz?

—No. Caza mayor.

El joven deja las pesas sobre el soporte y se incorpora.

—¿Jabalí? —pregunta.

—No, muchacho. Ciervos.

Una nube de preocupación ensombrece la mirada de Raúl. Don Eduardo lanza una sucesión de golpes que hacen trepidar al saco.

—Habrá exámenes parciales a mediados de noviembre —dice Raúl en tono de excusa—. Tendré que prepararlos, así que quizá sea mejor que no vaya...

—Tonterías. El coto está en Cuenca; saldremos el viernes y volveremos el domingo. Puedes recuperar esos tres días de estudio durante la semana.

—Es que... —Raúl titubea—. Prefiero no ir, señor...

Don Eduardo conecta un feroz *uppercut*.

—¿Y eso por qué? —pregunta.

—Pues porque..., porque no me gusta cazar ciervos...

Don Eduardo se vuelve hacia su hijo y lo contempla de hito en hito.

—¿Y tú qué leches sabes, si nunca has cazado un puñetero ciervo? Siempre que surge la oportunidad encuentras alguna forma de escaquearte. ¿Se puede saber qué te pasa a ti con los ciervos?

—Nada, pero...

Raúl busca desesperadamente un argumento capaz de convencer a su padre, pero no lo encuentra.

—Las perdices, los patos o los conejos están bien

para pasar el tiempo —comenta don Eduardo con inesperada paciencia; la perspectiva de la cacería parece haber atemperado su fiero carácter—. Pero no serás un auténtico cazador —prosigue— mientras no tengas unas buenas astas colgando en tu cuarto.

La frente de Raúl está perlada de sudor, y no solo por el ejercicio físico.

—Preferiría no ir... —dice; y añade suplicante—: Por favor...

Don Eduardo mira a su hijo en silencio, con el entrecejo fruncido. Luego, en tono neutro, ordena:

—Anda, cálzate los guantes. Vamos a sudar un poco.

Un escalofrío recorre la espina dorsal del joven, pero no dice nada. Tras ponerse el protector facial y los guantes se aproxima al cuadrado de lona donde le aguarda su padre. Sin aviso previo, don Eduardo lanza un *jab* de izquierda. Raúl lo esquiva dando un paso atrás, pero su padre ya está encima de él, conectando una fulgurante serie de *crochets* y *uppercuts*. Raúl intenta responder tímidamente, pero los puñetazos que llueven sobre él le obligan a parapetarse tras una guardia cerrada. En realidad, don Eduardo no ha hecho más que sustituir el saco de arena por el cuerpo de su hijo. Afortunadamente, todos los golpes van dirigidos a los brazos y los costados; aun así, son golpes muy potentes.

Al cabo de tres minutos —el tiempo que dura un *round*—, don Eduardo pone fin al monótono martilleo de sus puños, se quita los guantes, los tira sobre la lona, se seca la frente con una toalla y dice:

—Voy a darme una ducha.

Don Eduardo echa a andar hacia la puerta, pero antes de cruzarla se vuelve hacia su hijo y le espeta:

—Vendrás a la cacería y no hay más qué hablar.

Luego, cruza el umbral y abandona el gimnasio. Raúl permanece en el centro del cuadrilátero, con el protector y los guantes todavía puestos, los brazos caídos y la mirada perdida en la puerta por donde acaba de salir su padre. Nota las costillas doloridas por los golpes y tiene tumefactos los antebrazos, pero el muchacho no siente dolor, sino una angustia infinita que atenaza su estómago y le sella con un nudo la garganta.

Si dispara contra un ciervo, piensa, ¿qué le hará el Ciervo Rojo?

Noviembre

El penúltimo mes del año está consagrado a las almas del Purgatorio. Aquel noviembre se inició con una borrasca proveniente del sur que durante algo más de una semana convirtió el clima de la ciudad en un purgatorio de tormentas, lluvia, viento y frío. No obstante, aún faltaban dos meses para que la verdadera tempestad se desatara sobre el Anna Frank.

La lluvia hizo que Julián permaneciera encerrado en su apartamento durante el fin de semana. No fue a por el periódico, ni a pasear, ni a hacer la compra; ni siquiera salió a comer, pues se limitó a encargar pizzas o comida china por teléfono. Sin embargo, el domingo por la mañana su aislamiento se vio bruscamente interrumpido por una inesperada visita.

El timbre de la puerta sonó a las once y media. Julián todavía estaba en la cama, dando cuenta de la primera cerveza del día, así que tuvo que vestirse a toda prisa y echar a correr hacia la entrada mientras terminaba de abrocharse los botones de la camisa. No esperaba a nadie y menos aún a aquel visitante.

—Buenos días, señor Echevarría.

Julián parpadeó, sorprendido.

—Daniel... —musitó—. ¿Qué demonios haces aquí?

—Venía a hacerle una visita —contestó Daniel, sonriente, desde el umbral. Llevaba una pequeña mochila colgando del hombro y en la mano un paraguas plegado y húmedo.

—¿Cómo sabes dónde vivo?

—Me lo dijo alguien en el colegio. ¿Puedo pasar?

—Claro que no. Oye, mira, estoy ocupado, así que gracias por la visita y adiós.

—¿Le he sacado de la cama? Lo digo porque está despeinado y aún no se ha afeitado. Además, tiene los botones de la camisa mal abrochados.

Julián bajó la mirada y le echó un vistazo a su desaseado aspecto. Respiró hondo.

—Pues sí, estaba en la cama; exactamente el lugar adonde estoy deseando volver. Adiós, Daniel.

—Un momento —le contuvo el muchacho—. Vale, me voy; pero antes hágame un favor...

Daniel abrió la mochila, sacó de su interior un libro y se lo ofreció a Julián. Era una edición en rústica, con las cubiertas de cartulina amarillenta y una sobria portada en la que aparecía el título y el autor: *Pasajero del viento,* de Julián Echevarría.

—¿Le importaría firmármelo? —preguntó Daniel con expresión inocente.

Boquiabierto, Julián cogió el libro y se quedó mirándolo en silencio.

—¿Dónde lo has conseguido? —preguntó al fin.

—Lo encontré en una librería de viejo. ¿Puedo pasar un momento?

Absorto en el libro, Julián se apartó a un lado. Daniel entró en el apartamento y miró en derredor; la vivienda, muy pequeña, constaba únicamente de un salón con una diminuta cocina adosada, un dormitorio y un cuarto de baño. Pero no fue su reducido tamaño lo que sorprendió a Daniel, sino el hecho de que el apartamento estaba casi completamente desamueblado. A través de la entrada del dormitorio se entreveían una cama y una silla, pero en la sala de estar no había más que embalajes de cartón sin abrir, como si acabara de realizarse la mudanza.

Julián, que al ver el libro parecía haber suavizado, al menos de momento, su habitual aspereza, cerró la puerta y se aproximó al muchacho.

—Siéntate en una de esas cajas —le dijo—. ¿Quieres tomar algo? No hay más que tónica y cerveza. Pero como eres demasiado joven, solo tónica o agua. ¿Quieres?

—No, muchas gracias.

Daniel dejó la mochila y el paraguas en el suelo y se sentó en uno de los embalajes. Julián se acomodó a su lado, sobre otra caja, y comenzó a hojear el poemario, deteniéndose ocasionalmente para examinar con más atención alguna de las estrofas.

—Hace mucho que no lo veía —comentó—. ¿Lo has leído?

—Sí.

—Pues tienes el honor de pertenecer a un club no demasiado selecto, pero sí muy reducido. De este libro se editaron seiscientos ejemplares y se vendieron ciento dieciséis, de los cuales yo compré cien —sonrió con ironía—. Todo un *best seller*, ya ves.

—Supongo que no pensaba hacerse millonario escribiendo poesía.

—No, claro —Julián se encogió de hombros—; solo pretendía que alguien me leyese.

—Bueno, le leyeron dieciséis. Diecisiete, contando conmigo.

Julián le miró de reojo y preguntó:

—¿Qué te ha parecido?

—Muy bueno. Me ha gustado mucho, de verdad.

—Como profesor de literatura, debería suspenderte por tener tan mal gusto. Estos poemas son una mierda. Pero supongo que lo único que pretendes es ser amable.

—No, qué va —protestó Daniel—; me ha gustado, en serio. Su poesía está llena de sentimiento y...

—De sentimiento, claro —le interrumpió Julián—. Sentimientos literarios, sentimientos baratos, vacíos y falsos —abrió el libro y leyó una estrofa al azar—: «*Bajo el raso de la noche vibra el alma*». Es absurdo; ¿qué significa eso?

—Bueno, es una metáfora...

—Una chorrada, eso es lo que es. «Vibra el alma». ¿Cómo que vibra: como un despertador o un teléfono móvil? ¿Tiene el alma un zumbador? —cerró el libro de golpe—. Valiente estupidez. Hice bien en quemar todos los ejemplares que me quedaban.

—Es usted muy duro consigo mismo.

—Soy realista. Lo único que puedo decir en mi

descargo es que era muy joven cuando publiqué esto.

—¿Y no ha escrito nada más?

—Después del éxito de *Pasajero del viento* —respondió Julián con sorna—, no me quedaron muchas ganas de volver a intentarlo. Así que me dediqué a enseñar literatura; es decir, justo la materia para la que soy un perfecto negado. Ya ves, paradojas de la vida.

Sobrevino un silencio. Julián se inclinó para dejar el poemario junto a las cosas de Daniel; entonces se fijó que dentro de la mochila había una revista ilustrada en cuya colorista portada podía leerse: «*Spider-man vs. el Dr. Muerte*».

—¿Eso es tuyo? —preguntó, señalando el cómic.

—Sí. Lo compré antes de subir aquí.

—¿Te gustan los tebeos de superhéroes?

—Me encantan.

—Vaya, no dejas de sorprenderme —Julián arqueó una ceja—. Creí que tú solo leías a Joyce, Dostoievski, Rilke y cosas por el estilo.

—Pero también cómics.

—¿De vigilantes enmascarados? Vamos, Daniel, eso es basura.

—¿Ha leído usted alguno, señor Echevarría?

—No necesito leerlos para saber que no hay nada más absurdo que un tipo musculoso con antifaz y los calzoncillos por fuera de los leotardos.

—Sí, es absurdo —aceptó Daniel—. Por eso los cómics de superhéroes son mejores que la vida.

Julián hizo un gesto de extrañeza.

—¿Qué quieres decir?...

—Los superhéroes —le explicó Daniel—, solo tienen sentido porque existen los supervillanos. Un hombre de acero con rayos X en los ojos sería una pasada si se limitase a detener navajeros y carteristas. Pero no, el archienemigo de Superman es Lex Luthor, un supervillano.

—Ya; ¿y qué?

—Que eso mismo sucede con los demás superhéroes: todos se enfrentan a supervillanos. El mayor enemigo de Batman es el Jocker; el de Daredevil, Kingpin; el de Spiderman, el Duende Verde; el de la Patrulla X, Magneto; el del Capitán Marvel...

—Vale, vale; creo que lo he captado. Hay superhéroes y hay supervillanos.

—Los superhéroes defienden el bien frente al mal —prosiguió el muchacho—; protegen a la gente incluso poniendo en riesgo su propia vida, y lo hacen sin obtener ningún beneficio, simplemente porque creen que deben hacerlo. Generalmente triunfan, pero incluso cuando no es así, hay, no sé..., hay grandeza en su derrota. Por ejemplo, el Duende Verde (que en realidad se llama Norman Osborn) mató a Gwen Stacey, la novia de Peter Parker. La tiró desde un puente y Spiderman no pudo hacer nada por salvarla, pero al menos el hombre araña estaba allí para llorar su muerte.

—Conmovedor. ¿Y qué?...

—Bueno, ¿no se ha dado usted cuenta?

—¿De qué?

—De que en la vida real no existen superhéroes

—concluyó Daniel—; pero sí supervillanos. Hitler lo era, como Mussolini, Franco o Stalin. Y también Pol Pot y Ariel Saharon y Milosevic y Bin Laden y... En fin, todos supervillanos. Pero ningún superhéroe se enfrentó a ellos.

—Bueno, hubo algunos héroes de carne y hueso que les plantaron cara —objetó Julián, pensativo.

—Sí, pero ¿qué pueden hacer las personas normales para acabar con los supervillanos? Muy poca cosa; para eso hacen falta superhéroes. Y no existen, salvo en los tebeos. Por eso los cómics son mejores que la vida: porque en los cómics el mal y el bien están equilibrados y en la vida real no.

Daniel guardó silencio y Julián se quedó mirándole fijamente.

—¿Te han dicho alguna vez que eres muy raro? —preguntó.

—Constantemente —respondió Daniel.

Julián esbozó una sonrisa que, por primera vez en mucho tiempo, no estaba teñida de sarcasmo.

—¿Sabes? —dijo—, estuve hablando de ti con la psicóloga del colegio.

—La señora Cardenal es muy maja.

—Una mujer encantadora. Cree que tú eres una especie de genio escondido.

Daniel se echó a reír.

—¿Lo eres? —preguntó Julián.

—¿Un genio? No, no lo creo... ¿A usted qué le parece?

—No lo sé, por eso te lo pregunto. Pero ¿y escondido? ¿Qué me dices, te ocultas de la gente?

Daniel se encogió de hombros.

—He venido a verle, señor Echevarría. No me escondo.

—Es cierto, has venido... ¿Y sabes algo?, no dejo de preguntarme por qué.

—Para que me firme el libro.

—Ah, sí, el libro. Dices que lo encontraste en una librería de viejo, ¿no?

—Sí.

Julián exhaló un suspiro.

—Mira, hay más posibilidades de que te toque la lotería que de que te encuentres mi libro por casualidad. No me mientas, ¿cómo lo has conseguido?

Daniel dudó unos instantes.

—Lo busqué en Internet —confesó al fin—. No fue nada fácil dar con él.

Julián le dirigió al muchacho una mirada llena de perplejidad.

—Pero ¿por qué? Mira, no soy uno de esos profesores coleguillas que salen en las películas, no soy Robin Williams en *El club de los poetas muertos*. Soy un profesor duro, un hueso que no tiene la menor intención de ser amigo de sus alumnos. Entonces, ¿por qué has venido? Y no me hables del puñetero libro, porque eso solo es una mala excusa.

Hubo un breve silencio.

—Es usted interesante —contestó Daniel.

—¿Interesante? ¿Por qué?

—Porque no finge.

—¿Qué?...

—Todo el mundo finge, todos simulan ser lo que

no son. Usted no; usted es por fuera exactamente igual que por dentro y eso es muy raro.

Julián apoyó los codos en las rodillas y dejó caer la cabeza con desánimo.

—Dios mío, soy «auténtico» —murmuró—. Lo que me faltaba... Oye, necesito beber algo. ¿Quieres una tónica?

—No, gracias.

Julián se dirigió a la cocina, abrió la nevera y destapó una botella de cerveza. Luego, regresó al salón, dio un largo trago directamente del gollete y dijo en tono pausado y razonable:

—Verás, Daniel, la señora Cardenal también me dijo que eras un chico solitario, que no tenías amigos...

—Sí que tengo amigos —protestó Daniel.

—¿En el colegio?

—En el colegio no muchos. Pero tengo un montón de amigos, de verdad. Un día se los presentaré.

—Sí, bueno..., a lo que iba; mira, tú tienes quince años, ¿no?

—Catorce. Cumpliré quince el treinta y uno de diciembre.

—Pues catorce, da igual. El caso es que deberías intentar relacionarte con los chavales de tu edad. No es bueno ser un solitario, créeme...

—¿Lo dice por propia experiencia?

—¿Qué?...

—Usted sí que es un solitario. En el colegio tiene fama de huraño.

—No es lo mismo. De entrada, casi te triplico la

edad; además, hace poco que llegué a Madrid y todavía no me he integrado...

—¿Cuánto tiempo lleva aquí? —preguntó Daniel mientras paseaba la mirada por el desolador vacío del salón.

—¿Cómo?...

—¿Cuándo se trasladó a este apartamento?

—Pues..., en agosto.

—Hace tres meses y todavía no tiene ni muebles.

—Bueno, no he tenido tiempo de... Oye, ¿por qué narices tengo que darte explicaciones?

—Por nada; pero como estábamos hablando de solitarios...

Julián sacudió la cabeza y le dio un nuevo trago a la cerveza.

—¿Por qué bebe tanto, señor Echevarría? —preguntó de repente Daniel.

—Pero si solo estoy tomándome una cerveza...

—No digo ahora, sino siempre. Usted suele ir al colegio..., bueno, con varias copas encima. Disimula el olor a alcohol con pastillas de menta. No se preocupe, nadie más lo sabe; pero yo sí que me he fijado.

Atónito, a punto estuvo Julián de negar airadamente aquella acusación, pero en el último momento se dio cuenta de lo infantil que habría sido adoptar esa actitud, así que zanjó el tema de raíz.

—Lo que yo beba o deje de beber —dijo con aspereza— es asunto mío —consultó su reloj—. Falta poco para la hora de comer; ¿no tienes que irte?

—Sí, supongo, pero antes ¿puedo hacerle otra pregunta?

—¿Serviría de algo que te dijera que no?

Daniel bajó la vista durante unos segundos, como si dudara, y luego miró directamente a los ojos de Julián.

—¿Quién es Pedro Echevarría? —preguntó.

Fue una transformación súbita, inesperada, radical; en apenas un parpadeo, el rostro de Julián se convirtió en una máscara de frialdad y tensión, con la mirada ensombrecida, la mandíbula encajada y los labios tan apretados que parecían una cicatriz.

—¿Dónde has oído ese nombre? —preguntó en voz baja.

—Pues no sé, por el colegio, pero...

—Ese colegio parece un patio de vecinas —dijo Julián en tono abrupto; luego, se incorporó y ordenó—: Vete.

—¿Qué?...

—Que te vayas. Fuera, largo, adiós.

—Pero...

—¡Que te largues de una vez! ¿Es que no me has oído?

Desconcertado, Daniel se levantó de la caja donde había estado sentado, recogió sus cosas y siguió al profesor hasta la salida. Julián abrió la puerta y le indicó con un gesto que saliera; antes de hacerlo, el muchacho le tendió el poemario y un bolígrafo.

—¿Puede dedicármelo? —preguntó.

Julián cogió el libro de un manotazo, lo abrió por la primera página y escribió algo a toda prisa; luego, se lo devolvió al joven y se despidió de él con un seco adiós. Daniel bajó por las escaleras, pensativo. Al llegar al portal descubrió que fuera llovía torrencialmente, pero antes de desplegar el paraguas y salir al exterior abrió el libro y leyó la dedicatoria: *Para Daniel Castro, mi decimoséptimo lector, con la esperanza de que me deje en paz de una puñetera vez.*

* * *

(10 de noviembre) En clase, el señor Echevarría me trata como a todos los demás; es decir, no me trata de ninguna manera. Ni siquiera me mira. Es como si nuestra charla en su casa nunca se hubiera producido. Creo que está enfadado.

Por cierto, el señor Echevarría tiene razón: sus poesías son malísimas. Incluso he encontrado alguna que otra estrofa copiada de Neruda o de Aleixandre. Pero eso no importa.

¿Quién es Pedro Echevarría?

* * *

La cuarta pieza de este rompecabezas se llama Jorge Santos. Está en el mismo curso que Raúl Jordán, pero en un grupo distinto, lo cual no ha impedido que sean amigos desde hace mucho tiempo. En realidad, Jorge admira profundamente a Raúl; porque sabe que es más fuerte y más inteligente que él, pero sobre todo porque Raúl es hijo de un militar.

Y es que a Jorge le encanta todo lo militar; las armas, los uniformes, los galones, la ruda camaradería... Ese amor por la milicia se lo ha inculcado Gonzalo, su hermano mayor. Gonzalo Santos tiene veintiún años y milita en un partido clandestino de extrema derecha. Lleva el pelo rapado y viste ropa de aspecto paramilitar; es violento, racista y xenófobo. También es el ídolo de su hermano menor.

Hace poco más de un año, a Raúl y Jorge se les unió Guillermo Rivera. Guillermo tiene dieciséis años y está en un curso anterior al de sus dos amigos. Desde la primera vez que vio a Raúl, Guillermo se sintió fascinado por su personalidad, por su carisma y su fuerza. Fue una atracción instantánea, intensa, casi física. Raúl, por su parte, experimenta un sincero afecto hacia Guillermo; lo protege y le cuida como al hermano pequeño que nunca ha tenido.

El trío que forman Raúl, Jorge y Guillermo rara vez crea problemas en el Anna Frank. Raúl es un alumno modelo; obediente, discreto y educado, posee el expediente más brillante del colegio. Jorge es un estudiante mediocre, por no decir malo, aunque —si bien a trancas y barrancas— ha logrado ir aprobando sin repetir ningún curso; puede que sea casi tan violento como su hermano mayor, pero, de algún modo, la influencia de Raúl parece moderar su carácter. En cuanto a Guillermo..., en fin, Guillermo es tan tímido y apocado que suele pasar inadvertido.

Sin embargo, hoy, lunes por la mañana, los tres se verán envueltos en un desagradable incidente, aunque justo es señalar que el único responsable será Jorge. Y es que algo inesperado, y para él terrible, ha sucedido.

Todo se inicia al poco de sonar el timbre que marca el comienzo del recreo. Raúl y Guillermo están en un extremo del patio, alejados de los campos de deporte, detrás del edificio del colegio. Raúl, apoyado contra una pared, guarda silencio, ensimismado en lo que va a depararle el futuro, esa cacería de ciervos a la que está obligado a asistir. Guillermo se encuentra a su lado, sentado sobre una pila de ladrillos destinados al nuevo muro que unos obreros, ahora ausentes, están construyendo en torno al jardín.

Al cabo de unos minutos aparece Jorge. No se han visto con él durante el fin de semana, pero nada más ver su rostro crispado de rabia comprenden que algo grave le pasa.

—Esos cabrones... —dice Jorge con los ojos húmedos y la voz temblorosa—. Esos hijos de puta le han detenido...

—¿Qué ha pasado? —le pregunta Raúl.

—Gonzalo está en la cárcel... El viernes le detuvo la poli... ¡Cerdos!

Por lo general, Raúl no consiente que se empleen palabras malsonantes delante de él, pero comprende que su amigo está muy alterado y se limita a preguntar:

—¿Por qué? ¿Qué ha hecho?

—¡Nada! —Jorge respira hondo, intentando calmarse—. El viernes por la noche mi hermano estaba en una disco con unos colegas. Entonces entró un grupo de indios, unos sudacas de mierda, y Gonzalo les dijo que se fueran, que no quería escoria cerca. Hubo bronca, llegó la pasma y le detuvieron.

—Pero eso ya le ha pasado otras veces —interviene Guillermo.

Jorge le mira con desolación.

—Es que uno de los sudacas acabó en el hospital. El muy cabrón está en coma... Y ahora le echan la culpa a Gonzalo, dicen que le dio patadas en la cabeza y que... ¡Ojalá se muera el maldito indio!

—Mejor que no lo haga —comenta Raúl con un deje de ironía—. No querrás que a tu hermano le acusen de homicidio, ¿verdad?

Jorge vacila, desconcertado. De repente, comprende que tiene que rezar por la salvación de la vida de uno de esos odiados sudamericanos para que su hermano no se pudra en la cárcel, pero en ese momento no está preparado para afrontar tal paradoja, así que suelta un bufido y comienza a caminar de un lado a otro profiriendo maldiciones.

—¡Cobardes! ¡Que os den a todos!...

Súbitamente, Jorge se detiene junto a la pila de ladrillos, agarra uno y, tras mascullar un seco «¡hijos de puta!», lo lanza contra una de las ventanas del colegio. El impacto destroza el cristal y una lluvia de vidrios rotos cae sobre el suelo.

—¡Pero qué haces! —grita Guillermo.

Jorge coge un nuevo ladrillo y lo arroja contra otra ventana.

—Se ha vuelto loco... —Guillermo se vuelve hacia Raúl, confiando en que haga algo.

Sin embargo, Raúl permanece inmóvil, apoyado contra la pared, contemplando la vandálica actividad de Jorge. Podría actuar, posee la fuerza y la autoridad necesarias para contener a su amigo, pero en realidad no desea hacerlo. Lo cierto es que encuentra una extraña fascinación en aquel acto de violencia absurda, una inusitada armonía en aquella destrucción. Cuando Jorge rompe la sexta ventana, Raúl sale de su ensimismamiento, se aproxima a él y le sujeta por los brazos, impidiéndole arrojar el séptimo ladrillo. Cuidadores y profesores se acercan a la carrera. Los alumnos que están en el patio han interrumpido sus juegos y todos miran en dirección a los tres jóvenes.

—¡Déjame! —grita Jorge, forcejeando.

—Basta ya, soldado —susurra Raúl sin soltarle—. Basta ya...

Jorge intenta frenéticamente desasirse, pero Raúl es más fuerte que él. Finalmente, Jorge deja caer el ladrillo, se abraza a su amigo y se echa a llorar contra su pecho.

* * *

Montse Gamaz, la directora del Anna Frank, contempló con severidad a Jorge por encima del escritorio que los separaba. Solo estaban ellos dos en el despacho.

—¿Es que te has vuelto loco? —le preguntó Montse—. ¿No te das cuenta de lo que has hecho?

Jorge, con la cabeza gacha, guardó silencio. De la rabiosa ira que hasta hacía poco le había poseído ya no quedaba el menor rastro, en parte por el desahogo emocional que le había brindado su acto de violencia, pero también, y sobre todo, porque en la mente de Jorge estaba firmemente arraigado el principio de autoridad y, para él, desde muy pequeño, no existía una autoridad más alta que la directora del colegio.

—Has roto seis ventanas —prosiguió Montse—. Pero lo realmente grave es que podrías haber herido a alguien. ¿Lo comprendes?

El muchacho no respondió.

—¿Sabes que podrías ser expulsado del colegio por lo que has hecho?

Silencio. Montse dejó escapar un suspiro y se reclinó en su asiento. La gravedad de su rostro dio paso a una tenue tristeza.

—He hablado con tus padres y ya sé lo que le ha ocurrido a Gonzalo. Mira, lo siento mucho por ti y por tu familia, pero la verdad es que tu hermano se lo ha buscado. Me acuerdo muy bien de él; era un buen estudiante hasta que empezó a frecuentar a la gente equivocada. Se torció, y ahora mira lo que ha pasado. Bueno, quién sabe, dicen que no hay mal que por bien no venga; quizá Gonzalo recapacite y cambie, y quizá tú aprendas la lección. ¿O es que quieres seguir los pasos de tu hermano?

Jorge pensó que sí, que quería ser igual que Gonzalo, porque Gonzalo era su héroe, su espejo, su modelo; pero la autoridad de la directora le intimidaba demasiado, así que continuó callado, con la cabeza gacha y la mirada perdida en algún punto indeterminado de la moqueta. Montse volvió a suspirar.

—Ya sé que estás muy afectado —dijo—, aunque eso no te da derecho a hacer el vándalo. Por otro lado, no quiero darles más disgustos a tus padres, así que lo que has hecho no figurará en tu expediente. Eso no significa que te vayas a ir de rositas, ¿eh? Te vas a quedar castigado todos los viernes y todos los recreos hasta el final del trimestre. Más adelante, cuando me reúna con el consejo escolar, decidiremos cuál es el castigo definitivo. ¿Deseas decir algo?

Jorge negó con la cabeza.

—Como quieras; ya puedes volver a clase —concluyó la directora—. Pero hazme un favor: reflexiona sobre lo que le ha pasado a tu hermano y, por una vez, escarmienta en cabeza ajena.

El joven sudamericano que yacía en coma en la UVI del hospital se llamaba José Carlos Vargas y había nacido, hacía veinte años, en San Luis Potosí, una villa situada al norte de Ciudad de México. Sin embargo, no se trataba de un emigrante cualquiera: su padre se llamaba Juan Crisóstomo Vargas y era uno de los principales capos de la droga en México.

José Carlos residía en Madrid y desde hacía un año estudiaba empresariales en la Universidad Complutense. Siendo hijo de quien era, siempre iba acompañado por dos guardaespaldas que velaban por su seguridad con celo casi maternal. Como es lógico, eso no le gustaba lo más mínimo al joven, ya que le hacía sentirse diferente y le recordaba en todo momento quién era y a qué se dedicaba su padre. Por eso, aquel viernes decidió dar esquinazo a los gorilas-niñera y salir con sus amigos a divertirse en una discoteca del centro. Desgraciadamente, el destino quiso que en su camino se cruzara un salvaje llamado Gonzalo Santos; aunque también es cierto que el azar fue igualmente inmisericorde con Gonzalo, pues mientras este golpeaba con delirante brutalidad a aquel inofensivo «sudaca», en realidad ignoraba a quién estaba golpeando, ni cuál sería el precio que debería pagar por sus actos.

Cuando Juan Crisóstomo Vargas se enteró de lo que le había sucedido a su primogénito, cuando supo que su hijo más querido se debatía entre la vida y la muerte en la cama de un hospital, tomó la única decisión que cabía esperar de él. Viviendo como vivía al margen de la ley, Vargas no creía en otra justicia que la que él mismo pudiera procurarse por su mano. No recurriría, por tanto, a jueces ni abogados, no plantearía demandas ni se enredaría en pleitos. No, él tenía mucho dinero, mucho poder y muy pocos escrúpulos, de modo que haría algo infinitamente más sencillo.

Por ejemplo, ofrecer una recompensa de doscientos cincuenta mil euros a cualquiera que acabase con la vida de Gonzalo Santos.

* * *

El fin de semana ha llegado. Después de clase, Raúl se dirige a su casa y prepara el equipaje con aire taciturno. No se encuentra bien; esa noche ha vuelto a soñar con el Ciervo Rojo y apenas ha dormido un par de horas. A las seis en punto de la tarde se presentan Lucas y Ramón, compañeros de armas y amigos de don Eduardo. Ramón Sarmiento tiene el grado de coronel, y Lucas Gómez, el de comandante. Raúl los conoce, pues ha ido a cazar con ellos en más de una ocasión; ambos son simpáticos y agradables, le caen bien.

Antes, cuando era pequeño, Raúl creía que todos los militares eran como su padre. Luego, poco a poco, fue descubriendo que la realidad resultaba muy distinta. Ramón, Lucas y el resto de los compañeros de armas de don Eduardo eran gente amable, buenas personas que trataban bien a sus familias, que querían a sus hijos y amaban a sus esposas.

En cuanto a los colegas de don Eduardo, ninguno sospecha siquiera la clase de persona que es en realidad. Le consideran un militar severo —quizá demasiado severo—, pero un buen profesional y un buen camarada. Nadie es capaz de ver el monstruo que se oculta en su interior; puede que porque, para verlo con nitidez, es necesario estar muy cerca de él, formar parte de su familia.

A las seis y media, los cazadores distribuyen el equipaje y las armas en el maletero del todoterreno de Ramón, suben al vehículo y parten hacia el este. La autovía está atascada, así que el viaje se prolonga más de lo esperado. Al principio, los amigos de su padre procuran que Raúl participe en la conversación, pero el muchacho no tiene ganas de hablar y los tres militares no tardan en enzarzarse en una animada charla cuartelaria.

Raúl, sentado en el asiento de atrás, contempla a través de la ventanilla las largas filas de coches que bloquean la carretera. Ojalá el atasco durara siempre, piensa; ojalá nunca llegaran a su destino. El joven cierra los ojos y apoya la cabeza contra el cristal. No va a pasar nada, se dice a sí mismo intentando animarse. Has cazado muchas veces, sabes de qué va esto. ¿Qué más da jabalís o ciervos?; solo son animales, bestias. A fin de cuentas, eres tú el que va armado y ellos, los que deberían preocuparse. En cuanto al Ciervo Rojo, no es más que un sueño, una pesadilla. Solo eso. No puede hacerte daño.

Raúl piensa que es la primera vez que participa en una cacería de ciervos, aunque eso no es del todo cierto. Hace diez años, cuando él tenía siete, acompañó a su padre a otra montería. Con ellos también iban Ramón Sarmiento y otros dos cazadores. Como es lógico, Raúl era demasiado pequeño para disparar, pero don Eduardo le dio unos potentes binoculares para que pudiera ver a los animales mientras los adultos cazaban.

A media mañana, Raúl recorría junto a su padre y los demás cazadores una zona de lomas bajas cubiertas de arbustos. Estaba muy cansado, pero no había protestado en ningún momento; quería que papá se sintiese orgulloso de él. De pronto, don Eduardo se detuvo y señaló con el dedo un punto situado unos cien metros delante de él.

—Mira, Raúl —susurró—. Un macho.

El niño orientó los binoculares en la dirección que le indicaba su padre y vio la imagen amplificada de un ciervo adulto ramoneando al lado de un arroyo. Don Eduardo se llevó el rifle al hombro y apuntó a la cabeza del animal. Raúl, a su lado, contemplaba a través de los prismáticos los delicados movimientos del ciervo, su pardo pelaje, las enormes astas.

Don Eduardo contuvo el aliento, afinó la puntería y oprimió el gatillo.

El estruendo del disparo resonó ensordecedor.

Y Raúl, a través de la doble lente del binocular, vio con absoluta claridad cómo la cabeza del ciervo explotaba convirtiéndose en una masa sanguinolenta.

Fue una broma. Los amigos de don Eduardo habían sustituido, sin que él lo supiese, la munición normal de su rifle por balas explosivas. En fin, puede que se tratara de una broma un tanto pesada —pues la cornamenta del macho resultó dañada a causa de la explosión—, pero todos, incluido el mismo don Eduardo, acabaron riendo de buena gana.

Raúl, por su parte, tuvo pesadillas durante meses, ya que cada vez que conciliaba el sueño volvía a ver la terrible imagen de la cabeza del ciervo explotando en medio de un surtidor de sangre y masa encefálica. Más tarde, con el transcurso de los meses, la pesadilla se fue diluyendo hasta desaparecer. Sin embargo, tiempo después, el sueño del ciervo regresó, solo que transformado en algo distinto, aunque no menos terrible: el Ciervo Rojo.

Sin embargo, Raúl no es consciente de nada de eso. Ha olvidado por completo aquella montería y ni siquiera recuerda los sueños que le atormentaron en su infancia. Ignora de dónde ha surgido el gigante tiznado de arcilla y rostro enmascarado, no sabe quién es ni qué significa. En realidad, Raúl ni siquiera sospecha lo que le está pasando.

Tras una hora de atasco, abandonan la autovía y toman una carretera comarcal cuyo trazado los conduce entre un sinfín de curvas a la serranía de Cuenca. Pasadas las nueve, llegan a Huélamo, el pueblo donde se encuentra su alojamiento. Después de instalarse en la casa rural que han alquilado, se dirigen a la fonda para cenar. A las once menos cuarto, todos se van a dormir, pues tienen previsto levantarse muy de madrugada para llegar al coto antes de que amanezca.

Esa noche, como tantas otras noches, Raúl vuelve a soñar con el Ciervo Rojo, y una vez más el terrible coloso le atraviesa el corazón con una lanza de piedra.

Son las diez menos cuarto de la mañana. El sol brilla en un cielo azul apenas moteado de nubes, pero la temperatura es fría. Raúl y su padre se han separado de los otros dos cazadores y ahora recorren un sinuoso sendero que conduce a la parte alta de la sierra atravesando un bosquecillo de pinos y olmos. Raúl lleva al hombro un Remington del calibre 308 con mira telescópica, un fusil ligero y manejable; su padre porta un descomunal Marlin 450 capaz de abatir a un elefante. No hablan; don Eduardo camina delante, atento a los sonidos, los olores y los movimientos del bosque. Llevan dos horas caminando y todavía no han divisado ninguna pieza. Raúl, por su parte, no presta atención a nada, ni escudriña entre la maleza en busca de una diana; se limita a seguir a su padre sintiendo una creciente ansiedad en la boca del estómago.

Quince minutos después, coronan un breve altozano salpicado de sabinas y zarzas. De pronto, don Eduardo se detiene y señala hacia el norte.

—Mira —dice con un susurro.

Raúl dirige la vista hacia donde le indica su padre y el corazón le da un vuelco. Allí, a no más de cincuenta metros de distancia, medio oculto detrás de unos espinos, un ciervo mordisquea tranquilamente las hojas de un arbusto. Es un macho grande, con una inmensa cornamenta, un animal muy hermoso. Dado que tiene el viento en contra, aún no ha advertido la presencia de los cazadores.

—Vamos, hijo —dice don Eduardo en voz baja—; es tuyo.

Tras un breve titubeo, Raúl empuña el rifle y centra la cruz de la mira en el ciervo. El joven siente las rodillas como si fueran de goma; le tiemblan las manos. Encaja con fuerza el arma contra el hombro e intenta afinar la puntería. A través de la mira telescópica ve la cabeza del ciervo, la cornamenta, el hocico, los nerviosos ojillos. Intenta tragar saliva, pero tiene la boca seca. Pese al frío reinante, el sudor comienza a correrle por la frente y el cuello.

—Venga... —le apremia don Eduardo.

Raúl fija la mira en el cráneo del animal e intenta apretar el gatillo, pero no puede. Sencillamente, le resulta imposible hacerlo.

—¡Dispara de una vez! —dice su padre con un susurro exasperado.

Y Raúl obedece. Pero, una fracción de segundo antes de disparar, mueve la mano izquierda, desviando así la trayectoria del proyectil. La bala pasa silbando un par de palmos por encima de la cabeza del ciervo, al mismo tiempo que el clamor del arma rebota contra los montes fragmentándose en un calidoscopio de ecos. Sobresaltado, el animal da un brinco y desaparece entre el boscaje.

—¡Pero qué has hecho! —exclama don Eduardo, anonadado.

—Lo siento —dice Raúl, bajando el fusil—. He fallado...

—¡Ya sé que has fallado! ¡Estaba a menos de cincuenta metros! ¡¿Cómo se puede fallar ese disparo?!

—Quizá haya sido el viento, señor... —se excusa el muchacho.

—¡Qué viento ni qué narices! ¡Cualquiera hubiera podido darle! —don Eduardo se encara con su hijo—. Lo has hecho aposta, ¿verdad?

—No, señor...

—¡No me mientas! ¿Qué pasa...? ¿Te daba pena el pobre Bambi y no has tenido agallas para dispararle?

—Se lo juro, señor; ha sido sin querer...

Súbitamente, la mano del coronel se estrella contra la mejilla de su hijo. Raúl retrocede un paso y alza los brazos para protegerse de los golpes.

—¡He dicho que no me mientas! ¡Eres débil, como tu madre; un marica sin huevos! —don Eduardo, fuera de sí, le da un empujón a su hijo—. ¡Pues no pienso consentirlo! —otro empujón—. ¡Pórtate como un hombre, joder!

Don Eduardo le empuja de nuevo, esta vez con tanta fuerza que el muchacho cae derribado al suelo. El coronel se queda entonces inmóvil, mirándole mientras respira pesadamente.

—Levántate de ahí —dice con desprecio, aunque algo más calmado.

Raúl se incorpora vacilante y recoge el fusil del suelo. Está temblando y a duras penas logra contener las lágrimas. Don Eduardo sacude la cabeza y le dedica una mirada cargada de desdén.

—Puedes estar contento —le dice—; debes de haber espantado a todos los ciervos en un kilómetro a la redonda —se da la vuelta y echa a andar de regreso por el sendero—. Vámonos —ordena; y añade—: ¡Imbécil!

De repente, Raúl ya no siente miedo, ni vergüenza, ni angustia; una intensa sensación de frialdad germina en su estómago y recorre como una enredadera su columna vertebral. Ya no tiembla, ni jadea, ni tiene ganas de llorar; solo siente odio, y rabia, una rabia gélida y ardiente al mismo tiempo. Sin darse cuenta de lo que hace, apoya la culata del rifle en el hombro y apunta a la espalda de su padre, que ahora se aleja por el sendero.

Durante un eterno y demoledor segundo, su dedo se tensa sobre el gatillo, empujándolo hasta detenerlo medio milímetro antes del punto de disparo. De pronto, Raúl siente vértigo; una oleada de calor le roba el aliento. Aparta el dedo del gatillo y baja el arma. La adrenalina fluye por sus venas, agostando su boca y dilatando sus pupilas. Don Eduardo se detiene y vuelve la cabeza hacia él.

—¿Qué haces ahí pasmado? —le grita—. ¡Venga, muévete!

Raúl echa a andar. Parece tranquilo, sereno; un joven cazador paseando por un idílico paraje de montaña. No obstante, si nos acercamos a él, si observamos con detenimiento sus facciones, veremos algo muy distinto.

Fijaos en sus ojos. No parpadean. Mirad su sonrisa; no es alegre ni normal. Es fría. Da grima.

Y un poco de miedo...

* * *

Julián estaba en la cama, tumbado boca arriba, vestido, con las manos entrelazadas debajo de la nuca y la mirada perdida. Eran las once y media de la noche. La pantalla del televisor mostraba, entre interferencias, la imagen de un concursante intentando resolver una prueba absurda, pero Julián no le prestaba atención; ni siquiera se había molestado en subir el volumen. A su lado, en el suelo, descansaba una botella de whisky casi vacía.

De repente, el teléfono del salón comenzó a sonar. Julián no hizo amago de levantarse. Después de cuatro timbrazos, el contestador automático entró en funcionamiento y una voz grabada invitó a dejar un mensaje después de la señal. Sonó un pitido y una nueva voz, esta vez de mujer, dijo a través del altavoz:

—Julián, ¿estás ahí?...

Julián la reconoció al instante; era su exmujer.

—Soy Clara; si estás ahí, ponte al teléfono, por favor...

Julián siguió tumbado, sin moverse. La mujer aguardó unos segundos y prosiguió:

—Vale, como quieras. Mira, hace más de seis meses que no sé nada de ti. He hablado con tus padres y con tu hermana y tampoco tienen noticias tuyas. Estoy muy preocupada, de verdad —una pausa—. No puedes seguir así, Julián; no puedes seguir ocultándote de todo el mundo, ni mortificándote, ni... —otra pausa seguida de un largo suspiro—. Perdona, quería decirte muchas cosas, pero me siento idiota hablándole a un aparato. Llámame, por favor...

La comunicación se interrumpió con un clic. Julián cerró los ojos y permaneció inmóvil durante largo rato. Al cabo de unos minutos, tendió la mano para coger la botella de whisky y la apuró de un trago. Luego, apagó la luz, se tapó con la colcha y, sin tan siquiera desvestirse, intentó dormir.

El resplandor de la televisión dibujaba un grotesco espectáculo de sombras y luces en las paredes del dormitorio.

* * *

Mr_Cristal> ¿Sabéis?, estoy preocupado por un amigo.

Arbuckle> es un vejestorio como tú?

Pink> qué bruto eres, arbuckle

Mr_Cristal> No, tiene 36 años. Le pasa algo y no sé qué puede ser.

Arbuckle> pues pregúntaselo

Mr_Cristal> Ya lo he hecho, pero no sirve de nada. Se niega a hablar.

Pink> los hombres sois todos iguales. Os lo

guardáis todo dentro, como si hablar de los problemas fuese una debilidad

Arbuckle> pink, te recuerdo que aunque seas gay, técnicamente sigues siendo un hombre

Pink> ay sí, hijo, no me lo recuerdes. Pero yo hablo por los codos, cariño. Cris: no tienes idea de qué le puede pasar a tu amigo?

Mr_Cristal> No... Bueno, se divorció hace un año.

Pink> uy, pues ahí lo tienes. Las separaciones son malíiiiiisimas para los nervios

Mr_Cristal> No creo que sea eso. Me parece que se trata de algo peor.

Arbuckle> peor que un divorcio? una boda!

Pink> qué hace tu amigo, cris?

Mr_Cristal> Es profesor.

Arbuckle> sabías que una de las profesiones con más índice de estrés es la enseñanza? Oye, cris, no te comas el coco. Nadie puede ayudar a nadie y menos a alguien que no desea ser ayudado

Pink> eso es mentira, arbuckle, hay gente buena

Arbuckle> lo que estoy diciendo no tiene ninguna relación con la bondad o la maldad. Veréis, cuando la gente me ve, solo ve a un tipo gordísimo, a una vaca humana, y piensan que soy bobo, lento y perezoso. Pero eso no es cierto

Mr_Cristal> No, no lo es, Arbuckle.

Arbuckle> y cuando ven a cris, no ven a un hombre culto, inteligente e interesante; ven a un viejo, nada más. Y cuando te ven a ti, pink, no ven a la encantadora mujercita que llevas dentro, sino a un tío peludo y amanerado, alguien sobre el que se pueden hacer chistes la mar de graciosos. La gente está ciega, solo ve lo que quiere ver

Pink> desde luego, arbuckle, nadie como tú para levantar el ánimo. Eres demasiado pesimista

Mr_Cristal> No, Pink, puede que Arbuckle tenga algo de razón. Creo que mi amigo solo está viendo algo que le obsesiona, y quizá la única forma de ayudarle consista en obligarle a mirar hacia otro lado.

Pink> hacia dónde?

Mr_Cristal> No sé, puede que hacia mí. Quizá deba decirle quién soy en realidad...

Arbuckle> y quién eres, cris?

Mr_Cristal> Soy Mr Cristal.

* * *

Durante el resto de la cacería, don Eduardo no volvió a dirigirle la palabra a su hijo. Estaba enfadado, y el hecho de que Lucas y Ramón cobraran sendas piezas —dos machos de buen tamaño cuyos cuerpos ataron a la baca del todoterreno— no contribuyó precisamente a mejorar su humor. El domingo, mientras regresaban a la ciudad, el coronel continuó ignorando a Raúl, y así ha seguido en casa durante los días siguientes. Esa actitud de silencioso desdén apenas afecta a Raúl; en otro momento, hace tan solo una semana, la reprobación de su padre le habría abrumado, pero ahora no. De hecho, que su padre no hable con él le resulta casi..., sí, relajante. Tranquilizador. Apacible.

Por algún motivo, Raúl guarda un recuerdo difuso de la cacería. Por ejemplo, sabe que falló un disparo muy sencillo y que su padre se enfadó mucho, pero no recuerda en absoluto que, durante un segundo, estuvo a punto de disparar contra él. Eso lo ha olvidado por completo. En cualquier caso, lo importante es que no ha vuelto a soñar con el Ciervo Rojo y eso compensa cualquier inconveniente que pueda acarrearle el haber perdido aquella pieza.

Don Eduardo, por su parte, está preocupado por Raúl. No siente el menor remordimiento por el acto de violencia —la bofetada, los empujones— que protagonizó en el coto, pues para él la educación no es más que un ejercicio de mano dura; sin embargo, le inquieta que pueda estar torciéndose el desarrollo del muchacho, así que el miércoles por la tarde hace algo que no ha hecho jamás: mantener una conversación amistosa con su hijo.

Raúl está estudiando cuando don Eduardo entra en el dormitorio. El joven aparta la mirada del libro y se vuelve hacia su padre con el rostro inexpresivo.

—¿Cómo estás? —pregunta don Eduardo sentándose en el borde de la cama.

—Bien, señor.

—¿Qué tal en el colegio?

—Como siempre, señor. Bien.

—Me alegro —quizá por la falta de costumbre, a don Eduardo le resulta muy incómoda aquella charla—. Verás, quería preguntarte algo... —prosigue—. ¿Tienes muchos amigos?

Raúl le contempla con extrañeza y se encoge casi imperceptiblemente de hombros.

—Sobre todo soy amigo de Jorge Santos y Guillermo Rivera, dos compañeros del colegio.

—Ya... ¿Y amigas? ¿Tienes muchas amigas?

—Bueno, las compañeras de clase...

—Ya, ya, pero ¿alguna amiga en especial?

—No le entiendo, señor...

Don Eduardo respira hondo y deja escapar el aire lentamente.

—¿Sales con alguna chica? —pregunta sin más rodeos.

—No, señor.

—¿Nunca has tenido ninguna novia? O una amiguita, ya sabes...

—No, señor. Debo dedicar toda mi energía a los estudios.

Don Eduardo se rasca la cabeza, cada vez más incómodo.

—Los estudios son lo primero, claro —dice—; pero tampoco conviene descuidar otros aspectos de la vida. Mira, Raúl, tienes diecisiete años, ya eres un hombre y..., bueno, supongo que sabes que los hombres tenemos ciertas necesidades... ¿Entiendes lo que quiero decir?

—Creo que sí, señor; se refiere al sexo. Pero me parece que por ahora no siento esa necesidad.

La frente de don Eduardo se puebla de arrugas.

—Todos los hombres la sentimos —dice en un tono ligeramente menos amistoso—. Y tú eres un hombre, ¿no?

—Sí, señor.

—Pues entonces deberías salir con chicas. ¿O es que quieres que tus amigos piensen que eres marica? —don Eduardo titubea—. Por otro lado —dice—, existen lugares... En fin, hay casas donde podrías estrenarte, ya me entiendes, con una profesional... Si quieres, yo conozco alguna de esas casas...

—Gracias, señor, pero prefiero hacerlo por mi cuenta.

—Como quieras —don Eduardo se incorpora—. Bueno, me alegro de que hayamos hablado —echa a andar hacia la puerta, pero antes de salir, se vuelve hacia su hijo y le dice—: Búscate una chica, soldado. Es una orden.

Solo pretendía ser una broma, un mero comentario distendido, pero Raúl lo interpreta de forma literal. Su padre, el coronel, le ha ordenado que salga con una chica, y él siempre obedece las órdenes de su padre. Antes de proseguir con el estudio, Raúl reflexiona durante unos minutos. ¿A cuál de todas las alumnas del colegio elegirá para ser su novia? Su padre siempre le dice que tiene que ser el mejor en todo, por tanto, ha de escoger la mejor pareja posible.

Raúl no tiene que reflexionar mucho; todo el mundo sabe quién es la chica más guapa del Anna Frank.

* * *

Alicia Montes adoraba los jueves; eran la antesala del viernes y el viernes era el gran día, el comienzo del fin de semana. Por eso Alicia estaba de tan buen humor cuando salió al recreo y mientras se dirigía al bar del colegio para encontrarse con Luis. Lo que no esperaba era que, de pronto, alguien se interpusiera en su camino.

—Hola. Tú te llamas Alicia, ¿verdad?

Alicia contempló al joven que se había plantado frente a ella; le sonaba su cara —estaba en la misma clase que Luis—, pero no recordaba su nombre.

—Sí, soy Alicia...

—Oye, me he fijado en ti; eres muy guapa, ¿sabes?, y había pensado que me gustaría salir contigo este fin de semana. Podríamos quedar el sábado o el domingo para dar un paseo o ir al cine.

Alicia entrecerró ligeramente los ojos; había algo extraño en aquel chico. Su rostro podría haber sido agradable, incluso agraciado, de no ser por la seriedad de su expresión y por la inquietante fijeza de la mirada.

—Gracias, pero no puedo. He quedado.

—Pues el próximo fin de semana —insistió el joven.

—Oye, mira, eres muy amable. Te agradezco la invitación, de veras, pero es que salgo con un chico.

El rostro del joven se ensombreció.

—¿Con quién?

—Luis. Luis Beltrán.

—¿Beltrán? Le conozco, está en mi clase. Yo soy más inteligente que él, y también más fuerte.

La muchacha arqueó las cejas.

—Ah, pues felicidades; pero yo salgo con él. Perdona, me tengo que ir...

—Espera —la contuvo el joven—. Es que no lo entiendes; soy el mejor alumno del colegio y además... Además soy un hombre, tengo necesidades...

Alicia se quedó boquiabierta; no podía creerse lo que estaba oyendo.

—Pues si tienes necesidades, te la cascas, guapo —replicó, enfadada—. No pienso salir contigo, ¿vale?, así que déjame en paz.

Sin despedirse, Alicia sorteó al joven y se alejó de él dignamente.

* * *

Raúl no comprende lo que ha pasado. Él es el más inteligente, el más estudioso, la estrella del equipo de atletismo, el número uno del colegio. Entonces, ¿cómo es posible que esa chica le rechace? Quizá no ha actuado de la forma correcta, piensa; quizá deba demostrarle hasta qué punto él es el mejor.

En un extremo del patio, frente al bar, Alicia y Luis se encuentran por fin. Tras meditarlo brevemente, Raúl decide que es el momento de dejar las cosas claras, así que se aproxima con paso enérgico a la pareja.

—Luis —dice en voz demasiado alta.

El joven se vuelve hacia él.

—¿Qué pasa, Raúl?

—Pasa que eres un mierda y no te la mereces.

—¿Qué?...

—¿Estás sordo? Digo que no te mereces a esa chica.

—¿Quieres dejarnos en paz? —interviene Alicia—. Vete, por favor...

—¿Es una broma? —pregunta Luis con una sonrisa de incredulidad.

—No vales ni la mitad que yo —le provoca Raúl—, no me llegas ni a la suela de los zapatos.

Luis intercambia una mirada con Alicia y hace un gesto apaciguador.

—Vale, lo que quieras. Pero cálmate.

—Estoy muy calmado, imbécil —dice Raúl, aproximándose mucho a Luis—. ¿Y a ti qué te pasa? ¿Eres un cobarde?

Súbitamente, Raúl le propina un empujón.

—¡Déjale! —grita Alicia, intentando interponerse entre los dos.

—Oye, no quiero broncas... —comienza a decir Luis.

Raúl le interrumpe propinándole un puñetazo en la cara. Luis cae al suelo, aturdido; la sangre comienza a manarle copiosamente por la nariz.

—¡Pero qué haces! —le grita Alicia a Raúl mientras se acerca a Luis para ayudarle.

Los alumnos que están cerca de ellos hacen un corro a su alrededor. Alguien grita: «¡Pelea, pelea!». Atraído por el barullo, uno de los cuidadores se aproxima rápidamente.

—¿Qué ha pasado? —pregunta.

Intentando taponarse la hemorragia con una mano, Luis se incorpora. Dirige una mirada furibunda a Raúl y luego le dice al profesor:

—Nada. He tropezado y me he caído.

El hombre se aproxima a él para examinarle el golpe.

—Esa nariz tiene mal aspecto —dice—; anda, ve a la enfermería. Desde luego, vais como locos y pasa lo que pasa —se vuelve hacia el grupo de mirones y da una palmada—. Venga, cada uno a lo suyo.

Los curiosos comienzan a retirarse. Luis echa andar hacia la enfermería; antes de seguirle, Alicia se vuelve hacia Raúl y le espeta:

—¡Estás loco! ¡No vuelvas a acercarte a mí, animal!

La muchacha le dirige una última mirada cargada de odio y se aleja en busca de Luis. Raúl se queda inmóvil, pensativo; quizá ha cometido un error, piensa. No, no con Alicia; ella es..., como todas.

Pero puede que se haya equivocado al juzgar a Luis Beltrán.

* * *

(21 de noviembre) Hoy ha sucedido algo en el colegio. Raúl Jordán le ha pegado un puñetazo a Luis. Yo estaba allí, mirando, y todavía no me explico lo que pasó. De repente aparece Raúl, le dice a Luis que no se merece a Alicia y, sin más, le sacude en todas las napias. ¿Un rollo de celos? Lo dudo; que yo sepa, Raúl y Alicia ni siquiera se conocían. Raro, ¿verdad? Pues lo

verdaderamente extraño era la mirada de Raúl. Ese chico mira como un tiburón. Muy fijo y sin parpadear. Y no cambia de expresión pase lo que pase. Nunca me había fijado en él, pero...

Mr. Cristal posee un sexto sentido que le permite captar las perturbaciones que se producen a su alrededor. Pues bien, hoy por la mañana, durante el recreo, ese sexto sentido se ha puesto a zumbar como una alarma contra ladrones. Hay algo que no es del todo humano en Raúl Jordán.

Por cierto, ya he terminado los bocetos del Profesor Furia. Me gusta cómo han quedado; este fin de semana se los enseñaré al señor Echevarría.

* * *

Cuando el sábado a primera hora de la tarde sonó el timbre, Julián adivinó de quién se trataba.

—Tú —dijo con desánimo tras abrir la puerta—. Otra vez tú...

Al otro lado del umbral, Daniel sonreía con una carpeta bajo el brazo y un ordenador portátil colgándole del hombro.

—Buenas tardes, señor Echevarría. He venido a hacerle una visita.

Julián se frotó los ojos.

—Oye, mira, soy un adulto. Tú, un menor de edad, y esto es mi apartamento. No queremos que me acusen de pederastia, ¿verdad? ¿Por qué no te vas?

Daniel se echó a reír.

—Es usted muy gracioso, señor Echevarría. No se

preocupe, no le entretendré mucho. He traído unas cosas que he hecho, ¿sabe?; me encantaría que las viera y me diese su opinión.

—Muy bien, pero me las das en clase.

—¿Y por qué no ahora? Ya que estoy aquí... Venga, solo será un momentito.

Julián puso cara de resignación y con un cabeceo le indicó al muchacho que entrara. Daniel cruzó la puerta, dejó el ordenador y la cazadora que llevaba puesta sobre una caja y abrió la carpeta, pero antes de sacar lo que contenía dijo:

—¿Recuerda los tebeos de superhéroes?

—Sí... —respondió Julián, arrastrando con desgana la «i».

—Bueno, pues a mí me gusta dibujar, ¿sabe?, y he inventado un superhéroe. Se llama Mr. Cristal; es un chico corriente que estudia en un colegio corriente, pero tiene el poder de volverse invisible.

—¿Lo que vas a enseñarme es un cómic?

—Sí.

—Pero yo no sé nada de tebeos.

—Eso da igual. Usted sabe de narrativa y un tebeo también es narrativa.

El muchacho sacó de la carpeta un puñado de hojas de grueso papel y se las entregó a Julián. En cada hoja había una historieta ilustrada compuesta por ocho viñetas. Lo primero que destacaba era la calidad del dibujo; no era exactamente realista, sino un poco caricaturesco, y poseía tal gracia y elegancia, tanta seguridad en el trazo, que resultaba difícil creer que su autor fuera un muchacho de catorce años.

Intrigado, Julián se sentó en una de las cajas y comenzó a leer las historietas. Al principio su rostro mostraba mera curiosidad, luego sorpresa, abstraída concentración después y, por último, una cada vez más amplia sonrisa que, de cuando en cuando, perdía el «son» para transformarse en pura «risa». Aquellas historietas no pretendían ser serias; estaban llenas de ironía y de un sentido del humor excéntrico y surrealista. En cada tira cómica —y había doce—, Mr. Cristal se enfrentaba a un enemigo distinto, todos ellos delirantemente absurdos. En una, el chico invisible luchaba contra una invasión de psicólogos conductistas; en otra contra un fox terrier gigante que orinaba contra los rascacielos; en la siguiente, el supervillano era un malvado profesor de Matemáticas empeñado en dominar el mundo con un ejército de soldados imaginarios que marchaban bajo el estandarte de la raíz cuadrada de menos uno. Con frecuencia, Mr. Cristal debía salvar de algún peligro a la Princesa, una compañera de clase dulce y bonita.

Cuando acabó de leer las historietas, Julián las dejó sobre una caja, ladeó la mirada y guardó un largo silencio.

—Bueno, ¿qué le han parecido? —le preguntó Daniel.

Julián le contempló con seriedad.

—¿Las has hecho tú solo?

—Sí.

—¿No te ha ayudado nadie, ni con el dibujo ni con el guion?

El muchacho negó con la cabeza.

—¿Y no lo has copiado de ningún otro tebeo?

—Antes copiaba, para practicar. Pero ya no lo hago.

—Entonces, estas tiras cómicas son obra tuya al cien por cien, ¿no?

—Sí. ¿Le han gustado?

Julián se rascó la cabeza.

—Mira, no sé nada de cómics, ya te lo he dicho, pero creo que jamás he visto tanto talento en alguien tan joven. Tienes un sentido del humor extraordinario; quizá un poco extravagante, pero ingenioso y muy adulto... —hizo un gesto de impotencia—. No sé qué decirte; me has dejado de piedra.

—Gracias —dijo Daniel con una sonrisa.

—¿Quién más lo ha visto?

—Nadie. Usted es el primero.

—¿Ni siquiera se lo has enseñado a tus padres?

—Qué va; ellos no lo entenderían.

Julián cogió una de las historietas y le echó un vistazo.

—¿Has intentado publicarlas? —preguntó.

—No.

—¿Por qué? Es un trabajo profesional. Podrías mandarlas a alguna revista o a un fanzine; hay muchos dedicados al cómic.

—Solo las hago para practicar. Todavía me quedan cantidad de cosas que aprender —Daniel hizo una pausa y prosiguió—: ¿Sabe?, he inventado otro personaje. Se llama Profesor Furia y va a ser el compañero de Mr. Cristal.

El muchacho sacó de la carpeta otra hoja de papel y

se la mostró a Julián. Era el dibujo de un hombre cubierto con un birrete y una toga que parecía ondear al viento como un capa. Su rostro resultaba muy familiar.

—Se parece a mí —observó Julián.

—Es que me he inspirado en usted.

Julián asintió, pensativo.

—De modo que soy el Profesor Furia...

—El nombre no está mal, ¿verdad? Bueno, hay otros superhéroes que se llaman «Furia». Por ejemplo, Nick Furia, el jefe de SHIELD, la organización secreta de la Marvel. Pero no existía ningún «Profesor Furia». ¿Le gusta?

—No está mal... —Julián se cruzó de brazos—. Y dime, ¿tiene algún superpoder el Profesor Furia?

—Claro. Las ondas MR.

—¿Ondas MR?

—Sí; ondas Mal Rollo. Cuando se enfada, emite unas vibraciones negativas que pueden fundir las bombillas, saltar los plomos o volver locos los semáforos. También hacen que se corte la mayonesa, que las gallinas no pongan huevos y que las vacas dejen de dar leche. Eso son las ondas MR.

Durante unos segundos, Julián contempló al muchacho con las cejas arqueadas y un brillo de incredulidad en la mirada.

—Pero qué raro eres —dijo finalmente—. Bueno, ya me has enseñado tus historietas y ya te he dado mi opinión. ¿Algo más?

—Pues sí —asintió Daniel—. ¿Recuerda que le dije que tenía muchos amigos y usted no me creyó? Pues se los voy a presentar.

—¿Qué?...

—Ahora se lo explico. Mire, he traído mi ordenador portátil; ¿le importa que lo conecte a su línea telefónica?

Sin esperar la respuesta de Julián, Daniel sacó el ordenador de su funda, lo conectó a la línea telefónica, lo dejó encima de una de las cajas y, tras encenderlo y aguardar a que el programa se iniciase, comenzó a pulsar el teclado.

—¿Qué haces? —preguntó Julián, aproximándose.

—Estoy conectándome a Internet.

—¿Para qué?

—Ahora lo verá.

Daniel siguió tecleando durante un largo minuto; luego, señaló la pantalla del ordenador y dijo:

—Mire.

Julián se inclinó hacia delante y observó el texto que iba apareciendo en la pantalla.

(Enter)> Mr_Cristal

Mr_Cristal> Hola a todos.

Pink> hola, abuelo

Arbuckle> cómo va eso, cris?

Papaya> Hola, Mr Cristal :)

Ruedas> cómo estás, cris?

—¿Qué es esto? —preguntó Julián—. ¿Un chat?

—Sí.

—¿Y «Mr. Cristal»?

—Soy yo. Es mi *nick*.

—Ah... ¿Y quiénes son los otros?

—Mis amigos.

—¿Los amigos que ibas a presentarme? ¿Están en un chat de Internet?

—Sí; espere un momento...

Mr_Cristal> Estoy con un amigo. Se llama Profesor Furia.
Pink> es mono?

—¿Es usted «mono», señor Echevarría?

—Dudo mucho que ese sea el adjetivo que mejor me cuadre.

Mr_Cristal> No, no es mono, Pink; pero es muy culto y tiene mucha personalidad. Además, escribe poesía.
Pink> uyyyy, qué encanto! Cómo estás, furiossso?
Arbuckle> es un jubilata carcamal como tú, cris?
Mr_Cristal> No tiene ni cuarenta años, Arbuckle.

—¿Por qué te llaman carcamal y abuelo? —preguntó Julián.

—Ellos creen que soy un jubilado de setenta y dos años —Daniel esbozó una sonrisa y aclaró—: Solo es una mentira sin importancia.

—Ya...

Mr_Cristal> Bueno, ¿no saludáis a mi amigo?
Papaya> Encantada de conocerte, Profesor Furia
Ruedas> buenas tardes, profesor
Pink> yo ya le he saludado
Arbuckle> hola, profe

—¿Les quiere decir algo, señor Echevarría?

—No sé..., diles hola... Oye, ¿de qué va esto?

Daniel se encogió de hombros.

—Solo es un chat.

—Ya, un chat... ¿Podemos hablar tú y yo un momento?

—Sí, ahora mismo...

Mr_Cristal> El Profesor os manda un saludo. Perdonad, pero tengo que hablar con él. Ahora vuelvo.
Papaya> No tardes, Mr Cristal
Arbuckle> hasta luego, cris
Pink> ciao
Ruedas> bye
(Exit)> Mr_Cristal

—Supongo que no conoces a esos amigos tuyos —dijo Julián, acomodándose sobre una caja—. Personalmente, quiero decir.

Daniel desconectó el ordenador y se sentó frente a él.

—Personalmente no, claro. Ya sabe que ellos creen que soy un anciano; incluso les mandé una foto de mi abuelo diciendo que era mía... Bueno, mucha gente finge ser otra cosa en los chat —Daniel se encogió de hombros—. Pero sí que los conozco. Por ejemplo, Arbuckle se llama en realidad Gonzalo, tiene treinta y tres años, vive en Salamanca y pesa más de doscientos kilos.

—¿Más de doscientos kilos? —repitió Julián, sorprendido.

—Sí, apenas puede moverse. ¿Sabe de dónde sacó su *nick*? De Fatty Arbuckle, un actor cómico del cine mudo que estaba muy gordo —Daniel hizo una breve pausa antes de proseguir—. Ruedas es Adrián; tiene veintiocho años y hace tres tuvo un accidente de tráfico que le dejó paralítico. Por eso usa ese *nick*, porque va en silla de ruedas.

—¿Y el otro, el que tiene nombre de fruta?

—¿Papaya? Es un chica. Se llama Gloria y tiene veintitrés años.

—¿Y le pasa algo?

—Bueno, sí... Era anoréxica, pero ya lo ha superado. Lo malo es que también padece agorafobia. No soporta los espacios abiertos, así que no puede salir de casa.

—¿Y Pink?

—No sé cómo se llama en realidad. Es un hombre y vive en Andalucía. Además, es homosexual; pero lo lleva en secreto. No se atreve a salir del armario; solo se muestra como es en la Red.

—¿Y esos son todos tus amigos?

—Qué va, hay más; lo que pasa es que ahora no están conectados.

—Pero a todos los conoces a través de Internet. Por cierto, menuda panda de tarados has reunido.

Daniel frunció el ceño.

—No son una panda de tarados —dijo—. Arbuckle tiene mucho sentido del humor y es muy culto, Papaya es la persona más dulce que he conocido, Pink es simpático y sensible, Ruedas...

—Vale, vale, perdona —le interrumpió Julián—. Retiro lo de tarados. Digamos que son personas con serios problemas personales. Uno padece obesidad mórbida, otra anorexia y agorafobia, hay un gay reprimido y el último es paralítico. Chico, te falta la mujer barbuda y la *trouppe* de enanos. ¿Es que los eliges así?

Daniel tardó unos segundos en contestar.

—Quizá la gente con problemas sea más interesante —dijo, muy serio.

—Y también más inofensiva —apuntó Julián—. No pueden hacerte daño, ¿verdad? Y menos aún a través de Internet y creyendo que eres un viejo.

—Usted no lo entiende —Daniel bajó la mirada y respiró hondo—. La mayor parte de las personas están como dormidas. No hay nada en ellas y, si lo hay, nunca lo enseñan. Pero algunos son diferentes; a lo mejor es que los problemas que tienen les han hecho ser distintos, no lo sé. El caso es que han conocido lo mejor y lo peor de la vida, y eso les vuelve más comprensivos y sensibles. Lo malo es que hay muy pocas personas así. Pero yo las busco, es como si hiciera una colección...

—Coleccionas personas —dijo Julián, a medio camino entre la afirmación y la pregunta.

—Pues sí, más o menos; colecciono personas interesantes. Y si tienen problemas, intento ayudarlas. Por eso finjo ser un anciano, porque si dijera que en realidad soy un chico de catorce años no me harían ni caso.

—Ya. Dime una cosa: entre toda esa gente que coleccionas, ¿hay alguien a quien conozcas en la vida real? Quiero decir sin ordenadores de por medio. En persona.

Daniel titubeó unos instantes, como si no estuviera seguro de querer responder a esa pregunta.

—Bueno, sí... —confesó un poco a regañadientes—. Hay una chica. Una compañera del colegio.

—¿Cómo se llama?

—Alicia Montes...

Julián intentó hacer memoria, pero no tardó en desistir.

—No la recuerdo; ¿quién es?

—Está en mi clase. Es pelirroja y muy bonita.

Bastó con aquella somera descripción; incluso a Julián le había resultado imposible ignorar la existencia de una chica tan extraordinariamente guapa.

—Ah, vaya, es un bombón. ¿Sois amigos?

Daniel se sonrojó levemente.

—Pues el caso es que... —dijo en voz baja—, nunca he hablado con ella.

—¿Entonces?

—Bueno, ni siquiera sabe que existo, pero yo sí soy amigo suyo. Le hago favores, la ayudo...

—¿Le haces favores sin que ella sepa que eres tú?

—Sí...

Julián mostró las palmas de las manos en un gesto de incomprensión.

Y, de pronto, lo comprendió todo.

—¡Es la Princesa! —exclamó.

—¿Qué?

—La Princesa, ese personaje de tus historietas al que siempre está salvando Mr. Cristal sin que ella lo sepa. La Princesa es en realidad Alicia Montes —Julián se dio un palmadita en la frente—. ¡Y tú eres Mr. Cristal!

—Solo es el *nick* que utilizo en Internet...

—No, es mucho más que eso. Tú eres el auténtico Mr. Cristal, el genuino chico invisible. Porque, a fin de cuentas, eso es lo que has estado haciendo desde hace años, ¿no? Ser invisible.

Daniel apartó la mirada y no contestó.

—Así que tengo razón —prosiguió Julián—. Rebeca Cardenal me comentó que de pequeño te inventaste a un amigo, a un niño transparente. Era Mr. Cristal... ¿Cuánto hace que existe?

—No sé —respondió el muchacho en voz baja—. Mucho tiempo.

—Pero tú sabes que no es real, ¿verdad?

—Claro; no estoy tan loco. Yo inventé a Mr. Cristal y luego... Bueno, yo...

—Te convertiste en él.

—Más o menos. ¿Recuerda lo que le conté de los superhéroes? El problema es que solo existen en los cómics y no en la vida real. Por eso tuve que crear uno para mí, un superhéroe que equilibrara lo bueno y lo malo.

—Mr. Cristal —concluyó Julián—. Y como tú eres Mr. Cristal, tú eres un superhéroe.

Daniel sacudió la cabeza.

—No, no lo soy. De entrada, no tengo ningún superpoder...

—Eres invisible —le recordó Julián.

—Sí, pero en la vida real eso no sirve para nada. Claro que no soy un superhéroe, ni siquiera un héroe a secas. Pero intento seguir su código de valores: ayudar a la gente sin esperar nada a cambio. Porque quizá, si alguna vez consigo ayudar a alguien, ayudarle de verdad, las cosas acaben teniendo sentido.

De pronto, Julián se puso a aplaudir con aire burlón.

—¡Bravo! —exclamó—. Tengo ante mí a fray Daniel, futuro santo. Eres tan bueno, tan noble y altruista, que san Francisco de Asís parecería un *skin head* a tu lado —profirió una risa irónica—. Pues yo veo las cosas de otra forma, ¿sabes? ¿Te digo lo que pienso?

—Si quiere...

—Claro que quiero. Verás, Daniel, eres increíblemente precoz e inteligente, de eso no cabe duda. Yo lo sé y tú también. Pero un día te diste cuenta de que en el mundo pasan cosas horribles y corriste a esconderte. Aunque claro, como eres tan inteligente, decidiste inventarte un mundo a tu medida. Te apartaste de todos y desde lo alto de tu colina elegiste a unos cuantos para derramar sobre ellos tu bondad. Eso sí, a través de Internet, no vaya a ser que alguien te haga pupita. ¿Sabes lo que creo? Creo que en el fondo te sientes superior a los demás.

—Eso no es verdad... —protestó el muchacho.

—Tienes razón, puede que no lo sea. Porque detrás de cada complejo de superioridad suele esconderse un complejo de inferioridad, como si fueran cajas chinas... A ti te da miedo la vida, Daniel; por eso te has vuelto invisible, por eso te escondes detrás de Mr. Cristal, alguien que ni siquiera existe, por eso no te atreves a intentar publicar tus cómics, por eso... —Julián dejó la frase en suspenso y preguntó—: ¿Qué te interesa de esa chica?

—¿De quién?

—Tu compañera de clase, Alicia. ¿Qué te interesa de ella?

—Alicia es... especial.

—Sí —asintió Julián—. Pero solo es especial por una cosa: porque es muy guapa. ¿Por eso la has incluido en tu colección, por guapa?

Daniel apartó el rostro para ocultar el rubor que había aflorado en sus mejillas.

—Alicia es la chica más bonita que he visto jamás —dijo—. Y hay pocas cosas bonitas en el mundo. Cada día, cuando llego a clase y la veo, me siento mejor.

—Ah, claro, y te basta con mirarla, ¿no? —Julián alzó una ceja con ironía—. Dime, ¿no te gustaría darle un besito? ¿Y unos achuchones?

Daniel frunció el ceño.

—No debería hablar así...

—¿Por qué? Eso es lo que desearía hacer cualquier muchacho de tu edad. No tiene nada de malo, es natural. ¿O es que cuando repartían las hormonas tú estabas en la fila de los cerebros? Venga, Daniel, si eres tan inteligente, ¿por qué te empeñas en engañarte? Te gusta a rabiar esa chica, pero tienes tanto miedo al rechazo que ni siquiera te atreves a hablar con ella y te montas un rollo de admiración platónica y abnegada que ni tú mismo te crees.

Se produjo un largo silencio.

—Señor Echevarría... —dijo Daniel.

—¿Qué?

—No necesito más psicólogos. Tengo a la doctora Ortiz, tuve a la señora Cardenal y antes al doctor Lucena. Lo único que hacen los psicólogos es intentar desmenuzarme, desarmarme como a un reloj, y yo no necesito eso.

—¿Y qué necesitas?

Daniel se encogió de hombros.

—No lo sé; pero otro psicólogo no.

Julián suspiró sonoramente.

—Oye, tengo sed —dijo—. ¿Quieres tomar algo?

—Bueno; un vaso de agua.

Julián se dirigió a la cocina y abrió la nevera. Tendió la mano para coger una cerveza, pero en el último momento la dejó suspendida en el aire. No, una cerveza no, pensó; mejor una tónica. Entre tanto, mientras Julián servía la bebida, Daniel se levantó y comenzó a pasear por el salón. Al llegar a la altura de la cocina, vio que sobre la repisa había un libro abierto por la mitad. Era una antología poética de Miguel Hernández. Comenzó a leer en voz alta el poema por donde estaba abierta.

La cebolla es escarcha
cerrada y pobre.
Escarcha de tus días
y de mis noches.
Hambre y cebolla,
hielo negro y escarcha
grande y redonda...

—¿Qué haces? —le interrumpió Julián con repentina brusquedad.

—He visto este libro. Creí que ya no leía...

—Y no lo hago.

—Entonces, ¿por qué tenía abierto el libro?

—Por lo que a ti no te importa. Anda, déjalo donde estaba y toma el agua.

Daniel volvió a poner el poemario sobre la repisa y cogió el vaso que le tendía Julián.

—No es justo —dijo.

—¿El qué?

—Yo le he contado muchas cosas, pero usted nada.

Julián se sentó sobre una caja y le dio un sorbo a su tónica. Tardó más de un minuto en volver a hablar.

—Esa poesía —dijo en tono neutro—, las *Nanas de la cebolla*, se la cantaba a mi hijo cuando era un bebé; con la música de Serrat, ya sabes. Era la única canción de cuna que yo conocía, así que se la cantaba para dormirle.

Daniel se sentó frente a él.

—No sabía que tuviese usted un hijo.

—Pedro Echevarría —prosiguió Julián inexpresivo—. El otro día me preguntaste por él. Así se llamaba mi hijo: Pedro.

—¿Se llamaba?...

—Murió. Hace dos años.

—Lo siento... —musitó Daniel—. ¿Qué le pasó?

En vez de contestar, Julián permaneció con la mirada perdida, como si su mente estuviera en otra parte, muy lejos de allí.

—Ahora lo recuerdo —dijo de pronto—. Fuiste tú...

—¿Qué?...

—El primer día de clase. Yo pregunté cuál era el objetivo de la literatura y tú contestaste que ser otra persona. ¿Qué querías decir?

Daniel hizo un gesto vago.

—Nada, una tontería. Cuando uno lee un libro es como si pensara los pensamientos de otro. Mientras lees a Stevenson, eres Stevenson, y si lees a Miguel Hernández, eres Miguel Hernández. Cuando lees, dejas de ser tú y te conviertes en otra persona.

Julián se quedó pensativo.

—Sí, a mí también me gustaría ser alguien diferente. Lo malo es que no puedo; ni siquiera tengo ya ganas de leer —respiró hondo—. ¿Te importaría dejarme solo, Daniel?

El muchacho dudó durante un segundo y asintió con la cabeza. En silencio, recogió sus cosas, se despidió con un «buenas tardes» y salió del apartamento. Julián se quedó un rato inmóvil en el salón, con la tónica en una mano y los ojos entornados. Luego, se levantó, fue a la cocina, destapó una botella de whisky, llenó hasta la mitad un vaso y lo apuró de un trago. El alcohol le ardió en el estómago, dando paso acto seguido a la habitual sensación de placidez. Julián se sirvió una nueva copa y se la llevó a los labios, pero no llegó a beber.

—Basta ya... —dijo en voz baja; y repitió—: Basta ya...

Vació el vaso en el fregadero y regresó al salón. De pronto, por primera vez desde que se había trasladado a Madrid, advirtió el deplorable estado en que se encontraba su apartamento. Los embalajes sin abrir, el polvo acumulándose por todas partes, los platos sucios en la cocina, el dormitorio revuelto, el baño sin limpiar... Aquello no era un hogar, era una cueva.

La idea de permanecer allí el resto del día se le antojó de repente casi insoportable, así que se puso un chaquetón y salió a la calle. Estuvo paseando mucho tiempo, sin rumbo fijo, con las manos en los bolsillos y la mente vacía, y siguió andando después de que anocheciera, incluso cuando se levantó un repentino vendaval. Hacía frío, pero aquel viento helado que soplaba del norte y arrastraba las hojas muertas por las calles parecía limpiar la ciudad, como si fuera un huracán purificador.

* * *

(23 de noviembre) Las cosas no han salido como yo esperaba. Creía que si me mostraba ante el señor Echevarría como soy, él podría entenderme, pero ha hecho lo que todos: intentar diseccionarme.

¿O no?... La verdad es que el señor Echevarría no ha sido indulgente conmigo; me ha dicho lo que piensa con toda crudeza. Que me escondo, que me da miedo la vida.

¿Y si tuviera razón? Por ejemplo, lo que ha dicho de Alicia. ¿Por qué la ayudo? ¿Solo porque es bonita? ¿Y qué siento hacia ella? ¿La admiro como quien admira un cuadro o una escultura? ¿O siento algo más? No lo sé...

¿A quién pretendo engañar? Claro que siento algo más, pero ¿de qué me vale sentirlo?

Qué complicado es todo; ojalá existiera Mr. Cristal, ojalá no fuera solo un personaje de ficción.

Al menos, ya he averiguado lo que le pasa al señor Echevarría: perdió un hijo. Supongo que eso debe de ser algo terrible, lo peor que le puede pasar a nadie. ¿Cómo ayudar a alguien al que le ha sucedido una cosa así? Es imposible. Supongo que lo mejor que puedo hacer es dejarle en paz. El señor Echevarría debe de estar harto de mí.

Por cierto, la fecha que escribió la directora en el expediente debe de ser la de la muerte de Pedro, el hijo del señor Echevarría.

Veintiséis de diciembre. Ya falta poco...

* * *

Si esta historia fuera una bomba de relojería, como en cierto modo lo es, la cuenta atrás daría comienzo el lunes de la última semana de noviembre, al mediodía, cuando se entregaron las notas de las preevaluaciones.

Pero antes sucedió algo aparentemente trivial. Entre la primera y segunda clase de la mañana, en el breve intervalo durante el cual un profesor salía y otro entraba, Raúl se aproximó al pupitre de Luis Beltrán y le dijo:

—Quiero hablar contigo.

Luis le contempló con recelo.

—Oye, si buscas más líos...

—Vengo a disculparme.

—¿Qué?...

—El otro día, cuando te pegué, no le dijiste al profesor que había sido yo. ¿Por qué?

—No soy un chivato.

Raúl asintió aprobatoriamente.

—Eres un buen camarada —dijo—. Lamento haberte pegado; ¿aún te duele?

La nariz y un pómulo de Luis mostraban un tono entre verdoso y violáceo.

—No. Ya estoy bien.

—Me he equivocado contigo. Lo siento.

Luis se sentía incómodo. Ese chico, Raúl, le ponía muy nervioso con aquella mirada tan fría e inexpresiva.

—Vale, asunto zanjado —accedió Luis—. Pero deja en paz a Alicia.

—No te preocupes; no volveré a acercarme a ella.

En ese momento entró el profesor y Raúl regresó a su pupitre. «Qué tío tan raro», pensó Luis; y se olvidó del asunto. Como es lógico, ignoraba que esa breve charla habría de salvarle la vida en un futuro ya no muy lejano.

Más tarde, poco antes de finalizar la última clase de la mañana, se repartieron las notas de las preevaluaciones. Raúl abrió el sobre con la confianza de quien se sabe el mejor alumno del colegio, pero el corazón le dio un vuelco cuando vio las calificaciones. Tenía un sobresaliente en todas las asignaturas.

Y un suspenso en Lengua y Literatura.

Es posible que en su decisión de suspender a Raúl Jordán hubieran pesado los prejuicios contra los homosexuales expresados por el muchacho, pero Julián pensaba que se había comportado de forma justa al calificarle con un insuficiente. No podía negar que le había irritado oír cómo Raúl desdeñaba a Oscar Wilde con el estúpido calificativo de «marica», pero lo cierto es que el joven no solo no había presentado un trabajo, sino que, según el criterio de Julián, carecía de la menor sensibilidad hacia la literatura.

Como es natural, Raúl no lo veía así. Nada más salir de clase, se dirigió como una exhalación a la sala de profesores para exigirle a Julián que revisase su nota.

—No es justo —dijo el muchacho, muy serio—. Hice un buen examen.

Julián, sentado a su escritorio, se encogió de hombros.

—Pero no presentó un trabajo.

—Hice otro...

—No el que yo pedí.

Raúl, de pie frente al profesor, tragó saliva.

—De acuerdo; un cero por el trabajo, pero mi examen era de sobresaliente, y eso da una media de aprobado.

Julián buscó el examen del muchacho y le echó un vistazo.

—Es un buen examen, sí —aceptó—. Desde luego, tiene una excelente memoria, señor Jordán; ha reproducido con asombrosa fidelidad lo que pone el libro, y alguna que otra cosa más que, sin duda, ha sacado de una enciclopedia. Muy loable. Por desgracia, el análisis de texto es bastante deficiente. Da la sensación de que usted no ha entendido nada de lo que expresaba el autor. Era una escena particularmente emotiva de *El guardián entre el centeno* y la ha interpretado como si fuera una partida de ajedrez o la descripción de una batalla. Así que, teniéndolo todo en cuenta, he calificado su examen con un ocho. Y ocho más cero da un media de cuatro. Insuficiente.

Raúl había ido allí con el ánimo de exigir, pero estaba tan desesperado que comenzó a suplicar.

—Vale, haré el trabajo, se lo juro, pero apruébeme...

—Muy bien —asintió Julián—. Haga el trabajo sobre Wilde, mejore sus análisis de texto, haga en diciembre un examen tan bueno como este y le prometo que le pondré un diez en su nota trimestral.

—Usted no lo entiende... —insistió Raúl—. Tiene que aprobarme ahora. ¡Nunca he suspendido!

—Siempre hay una primera vez para todo.

—Pero, pero... —Raúl boqueó, intentando encontrar algún argumento capaz de conmover al profesor—. Mi padre —dijo al fin— me va a matar...

Julián hizo un gesto de impaciencia.

—Aunque quisiera cambiar su nota (y no quiero) —dijo—, sería imposible hacerlo, porque las actas ya están firmadas. Además, qué demonios, solo es una preevaluación. Tampoco es tan importante.

—Sí que lo es... —protestó Raúl.

—Bueno, ya está bien —le interrumpió Julián—. No pienso modificar su nota. Si tiene algún problema, hable con su tutor, con la directora o con quien le dé la gana, pero usted y yo ya no tenemos nada más que decirnos. Haga el favor de retirarse, señor Jordán.

Raúl se quedó inmóvil durante unos instantes, como si no le hubiera entendido; luego, sin decir nada, se dio la vuelta y abandonó la sala de profesores igual que un zombi, con la mirada extraviada y la tez pálida como la cera. Parecía un desahuciado, un condenado a muerte, alguien a quien ya no le quedaran esperanzas. Pero Julián no se percató de ello; apenas un minuto después, ya se había olvidado por completo del asunto.

Si alguien le hubiera exigido cuentas a Julián (algo que nunca sucedió), este no habría podido excusar su comportamiento con Raúl alegando ebriedad, pues aquella mañana no había probado el alcohol. Podría haber suspendido o aprobado al muchacho, tenía motivos para optar por cualquiera de esas dos alternativas (aunque, en cualquier caso, debería haber sido más amable); pero lo cierto es que Raúl le caía muy mal, así que eligió ser inflexible.

Se equivocó.

* * *

Don Eduardo ha llegado tarde a casa. Sin saludar a nadie, se ha dirigido a su cuarto, se ha cambiado de ropa y ha ido directamente al comedor para cenar. Raúl sabe que es mejor afrontar las consecuencias de aquel suspenso cuanto antes, así que, mientras su madre sirve la cena, le entrega a don Eduardo las notas. Este, despliega el papel y examina las calificaciones; sus ojos, como atraídos por un imán, resbalan por encima de los sobresalientes y se centran en el suspenso. Se queda estupefacto, durante unos segundos no logra articular palabra.

Raúl aprovecha el silencio para deshacerse en una atropellada retahíla de excusas. Le mandaron hacer un trabajo sobre Oscar Wilde, pero él no quería leer a un marica, así que hizo un trabajo sobre Shakespeare y...

—¡Qué coño estás diciendo! —brama el coronel; solo dice tacos cuando está muy enfadado, y ahora lo está—. ¡Si en el colegio te dicen que leas a un maricón, te lo lees de pe a pa y sin rechistar!

—Yo pensé que...

—¡¿Y quién te ha pedido que pienses?! ¡Lo que tienes que hacer es obedecer!

—Pe-pero solo es una preevaluación, señor —tartamudea Raúl—. Le juro que aprobaré el trimestre...

—Has suspendido —dice con súbita frialdad don Eduardo—. Y ya sabes lo que eso significa.

—Por favor, yo...

—Dormirás abajo desde hoy hasta las vacaciones de Navidad —sentencia el Coronel—. Y luego, según las notas, ya veremos.

Raúl siente un nudo en la garganta.

—No, por favor... —suplica—; abajo me ahogo, señor... Por favor, padre, no...

—Solo es una preevaluación, Eduardo —intercede débilmente doña María, que ha asistido en silencio a aquella escena—. A lo mejor estás siendo demasiado severo...

El coronel se incorpora, tan bruscamente que derriba la silla al suelo.

—Tú te callas —le espeta a su mujer con acritud. Se vuelve hacia Raúl y le ordena—: Coge una manta y baja inmediatamente al sótano. Hoy te quedas sin cenar.

Raúl siente ganas de llorar, pero hace tanto tiempo que no llora que ya no puede, le resulta sencillamente imposible derramar una lágrima, así que se levanta de la silla y obedece.

En casa de los Jordán, los castigos han pasado por dos fases distintas. Al principio, y hasta que Raúl cumplió trece años, don Eduardo castigaba las faltas de su hijo mediante azotes aplicados en las nalgas con una fusta de montar. Luego, desde el día en que Raúl cumplió los catorce, los correctivos consistieron en obligarle a dormir en el sótano, encerrado, sin luz. Para ser castigado, el muchacho no necesitaba hacer mucho; bastaba con que sacase, no ya un suspenso, sino un aprobado; en ocasiones, incluso los notables eran merecedores de sanción. En cualquier caso, Raúl prefería la fusta al sótano, porque en el sótano sentía que se ahogaba, que se moría. Por eso, desde hacía casi tres años, Raúl no ha obtenido ninguna calificación por debajo del sobresaliente.

Sin embargo, ahora ha vuelto a ocurrir. Un suspenso, nada más y nada menos que un suspenso. Un mes durmiendo en el sótano. Treinta eternas noches.

Junto al gimnasio hay una pequeña habitación sin ventanas. Una bombilla desnuda cuelga del techo. Raúl la enciende y comienza a apartar las cajas que se amontonan sobre un polvoriento camastro. Cuando acaba, se sienta sobre el somier y espera. Su padre no tarda en bajar. Deja un cubo en el habitáculo (para las necesidades del muchacho), apaga la luz y, sin decir nada, con toda frialdad, cierra la puerta con llave. Luego, se va.

Raúl escucha los pasos de su padre alejándose y, a continuación, el silencio. Hace frío; el muchacho se tumba en el camastro y se arrebuja con la manta, encogiendo las piernas. Le gustaría encender la luz, pero el interruptor está fuera, al otro lado de la puerta, de modo que intenta acostumbrarse a la oscuridad.

Al cabo de unos minutos, comienza a sentir una creciente opresión en el pecho, como si una presencia invisible le robara el aliento. Pese a que hay un respiradero en la pared, siente que el aire le falta. Empieza a jadear.

Poco a poco, su mente se llena de miedo y ansiedad, porque sabe que aquel sótano silencioso y oscuro es el territorio del Ciervo Rojo.

Diciembre

El viento del norte trajo consigo una oleada de frío polar. Las primeras nevadas cayeron sobre las cumbres de las montañas. Hubo heladas por las noches y la escarcha blanqueó las ahora desnudas ramas de los árboles, la hierba y los setos. El invierno se había adelantado, al igual que la Navidad, cuyos adornos comenzaban a extenderse por las calles y las tiendas desde comienzos de mes.

En la Antigüedad, diciembre estaba consagrado al nacimiento del sol, pues el veintiuno de este mes tiene lugar el solsticio de invierno, el día más corto del año, momento a partir del cual las horas de luz irán incrementándose paulatinamente. Sin embargo, hasta que ese día llegue, la oscuridad reinará sobre la tierra y los hombres.

Aquel año, diciembre fue más oscuro que de costumbre.

Raúl ya lleva más de una semana durmiendo en el sótano, aunque no es precisamente dormir lo que hace. Cada noche, cuando su padre lo encierra en ese lugar frío y oscuro, sobrevienen los ahogos y el terror. Ya de madrugada, cuando el agotamiento le precipita a un sueño inquieto y desapacible, llega el Ciervo Rojo y arroja su lanza de piedra contra él.

Y Raúl muere, una y otra vez, todas las noches, para despertarse con el espectro de un grito en los labios y el pulso desbocado. Un día, desesperado, Raúl decide no dormir y pasa toda la noche con los ojos abiertos, escuchando durante horas el monótono sonido de su corazón.

Bum-bum, bum-bum, como un tambor en la selva...

* * *

Aunque ni él mismo sabía cómo ni por qué, algo había cambiado en la vida de Julián Echevarría. Seguía siendo distante y reservado, el mismo profesor sarcástico y despectivo de siempre; sin embargo, ya no bebía tanto. De hecho, no probaba ni una gota de alcohol hasta el anochecer, y aun entonces se conformaba con no más de tres o cuatro copas de whisky suavizado con agua antes de acostarse.

A decir verdad, la abstinencia le ponía de muy mal humor; pero Julián, de repente, se había hartado del tipo de vida que llevaba, se había hartado de las borracheras solitarias, de las resacas y de las pastillas de menta, se había hartado de vivir en un piso destartalado y pasarse las horas muertas frente a un televisor mal sintonizado.

Un buen día, guiado por un repentino impulso, se armó de escoba, plumero y recogedor, limpió el apartamento de arriba abajo, hizo la colada, planchó la ropa que se iba a poner al día siguiente, lavó los platos y desembaló parte de sus pertenencias. Incluso planeó comprar algunos muebles más adelante, en las rebajas de enero.

Ya no permanecía tanto tiempo encerrado en casa. Pese al frío, salía todas las tardes y daba largos paseos por el barrio. Mientras caminaba, intentaba no pensar en nada y se concentraba en las sensaciones, en el declinar de la luz, en el frío que le asaeteaba el rostro, en los aromas del invierno, olor a leña y a hielo.

Por desgracia, la invasión de guirnaldas, estrellas, acebo y gordos Papá Noel que progresivamente iba extendiéndose por las calles no dejaba de recordarle la inminencia de las fiestas navideñas.

Y a Julián la Navidad le traía recuerdos deprimentes.

* * *

(9 de diciembre) La doctora Ortiz me ha pedido que le deje mi diario. Está convencida de que su lectura le permitirá (y cito literalmente) «ahondar en mi psique con mayor profundidad». Por supuesto, no pienso darle este diario, así que he comenzado a escribir uno nuevo. Estoy poniendo en él tantos complejos, fobias, psicosis y traumas que la buena mujer va a tener trabajo para todo el año que viene. Es tan fácil hacerla feliz...

No he vuelto a hablar con el señor Echevarría y él tampoco parece particularmente interesado en mí. Sin embargo, le veo distinto. Creo que ya no bebe (al menos, ha dejado de tomar pastillas de menta) y, aunque está de muy mal humor, parece más..., no sé cómo definirlo. Más vivo, diría yo. Sigue enfadado, pero de una manera diferente.

Bueno, vale, de acuerdo; me prometí a mí mismo dejarle en paz, así que se acabó. Diga lo que diga Mr. Cristal, no volveré a meterme en su vida.

Por cierto, el otro día me fijé en Raúl Jordán. Estaba en el patio, durante el recreo. Hablaba solo.

A ese chico le pasa algo.

* * *

Raúl lleva trece días encerrado por las noches en el sótano y cinco sin dormir nada. La carencia de sueño está a punto de provocarle un colapso nervioso, pero es un joven muy fuerte, así que se mantiene en pie, como un soldado haciendo guardia en medio de la batalla. No obstante, últimamente ha empezado a ver cosas que no existen. Al principio solo eran fugaces movimientos percibidos por el rabillo del ojo, imágenes huidizas que le hacían dar respingos. Pero anteayer vio en el patio del colegio a don Anselmo, su profesor de sexto de Primaria, y eso era imposible, porque don Anselmo no trabaja en el centro desde hace cuatro años. Hoy, al comienzo del recreo, ha visto un ciervo pastando en la hierba artificial del campo de fútbol.

Por eso, cuando Guillermo va a buscarle a la carrera, visiblemente agitado, Raúl no está seguro de si se trata de su amigo o de una alucinación.

—¿Te has enterado de lo que ha pasado? —le pregunta Guillermo entre jadeos.

Raúl tiende una mano y le toca el pecho a su amigo para asegurarse de que es real.

—Eres tú... —dice.

—Claro que soy yo. Oye, tienes mala cara; ¿te encuentras bien?

—Perfectamente. ¿Qué ha pasado?

—El hermano de Jorge ha muerto.

—¿Gonzalo ha muerto? ¿Cómo?

—No lo sé; fue en la cárcel. Dicen que lo han matado.

—Por eso no ha venido hoy Jorge a clase —dice Raúl en voz baja. No siente nada; la noticia de la muerte de Gonzalo le resulta totalmente indiferente. Pese a ello, se obliga a sí mismo a comentar—: Pobre Jorge; le llamaré esta tarde para ver cómo está.

Se produce un largo silencio.

—Oye —insiste Guillermo—; ¿seguro que estás bien?

—Mejor que nunca —contesta Raúl mientras sigue con la mirada al ciervo que deambula tranquilamente por el patio.

Raúl ya lleva seis días sin dormir. Ayer no logró hablar con Jorge; cada vez que llamaba a su casa, le respondía un contestador automático. Pero hoy, a las seis menos cuarto de la tarde, es Jorge quien se presenta en el domicilio de Raúl.

—¿Puedo pasar? —dice desde el umbral de la puerta.

Va vestido con traje y corbata, todo negro, ropa de luto. Raúl le invita a entrar con un gesto y cierra la puerta.

—¿Cómo estás? —pregunta.

—Jodido —responde Jorge.

—Vamos a mi cuarto. Y no hagas ruido, que mi madre está descansando.

Cuando llegan al dormitorio, Raúl se sienta en una silla y Jorge en la cama. Durante unos minutos ninguno de los dos dice nada. Jorge tiene la mirada extraviada y los ojos enrojecidos. Ha estado llorando.

—Vengo del entierro de Gonzalo... —dice en voz baja.

—¿Qué le pasó?

—Lo mataron en el patio de la cárcel. Fueron tres o cuatro, a traición, los muy cobardes. Le cosieron a navajazos...

—¿Por qué?

—Y yo qué sé. Dicen que..., que el indio ese al que pegó es hijo de un narcotraficante. Dicen que puede ser una venganza... —Jorge finge mirar por la ventana para que su amigo no vea las lágrimas—. Hijos de puta... —masculla.

Se produce un larguísimo silencio. De pronto, Jorge se enjuga las lágrimas con el antebrazo y se vuelve hacia Raúl, el rostro contraído de rabia.

—¡Lo van a pagar! —dice—. ¡Esos hijos de puta lo van a pagar!

—Baja la voz. ¿Quiénes lo van a pagar?

—Todos —responde Jorge entre dientes—. Todo el mundo va a pagar por lo que le han hecho a Gonzalo. Ya lo verás. Voy a hacer algo muy gordo.

—¿Qué?

—¡No lo sé, maldita sea! Pero lo van a pagar, te lo juro, y muy caro...

Raúl se queda mirando a su amigo fijamente; de pronto, ha tenido una idea. No, no exactamente una idea; más bien una imagen, una sensación quizá.

—Guarda tu rabia —dice.

—Y una mierda. Se van a enterar de quién soy yo, puedes estar seguro...

—¿No quieres ser un soldado, como lo era tu hermano?

—Claro que sí. Ya lo soy.

—Pues un buen soldado debe saber guardar su rabia para la batalla.

Jorge le mira con desconcierto.

—¿Qué batalla?...

Raúl hace un gesto vago.

—Siempre hay alguna batalla que librar —responde.

Jorge no comprende las palabras de su amigo. Tras un largo silencio, se levanta de la cama y dice:

—Tengo que irme.

Raúl le acompaña hasta la salida y se despide de él con un solemne apretón de manos. Luego, cierra la puerta y permanece unos instantes pensativo en el recibidor. Esa idea, esa imagen que ha aparecido en su mente, le fascina igual que la luz de una lámpara encandila a una polilla. Guiado por ella, en vez de regresar a su cuarto, se dirige al despacho de su padre.

En teoría, ese despacho está cerrado a cal y canto y nadie puede entrar en él, pues las únicas llaves que franquean la entrada obran en poder del coronel. Sin embargo, Raúl hizo una copia clandestina de esas llaves hace un año. Si su padre se enterara, le despellejaría vivo; pero el riesgo vale la pena, teniendo en cuenta el tesoro que allí se guarda.

Raúl introduce la llave en la cerradura, abre la puerta y entra en el despacho. Es una habitación de mediano tamaño; en un rincón, cerca de la ventana, hay un pequeño buró, una silla de cuero y una estantería medio llena de libros encuadernados en piel. El resto de la estancia, colgando de las paredes, en cajones y vitrinas, está ocupado por la colección de su padre.

Raúl se aproxima a una de las vitrinas, la abre y pasa la yema de los dedos por los objetos que hay en su interior. El metal está frío, pero al joven se le antoja cálido y sedoso como una piel adolescente.

Por primera vez en mucho tiempo, Raúl sonríe.

* * *

(12 de diciembre) Hoy he vuelto a fijarme en Raúl Jordán. Estaba frente a la entrada del colegio, poco antes de que comenzaran las clases. Tenía una expresión muy rara, aunque lo realmente extraño es que miraba

hacia el parque infantil como si siguiera algo con los ojos. Pero allí no había nada.

No sé, quizá deba actuar Mr. Cristal...

* * *

Raúl lleva ocho días sin pegar ojo. Está agotado, le cuesta prestar atención y las alucinaciones son cada vez más frecuentes. Por ejemplo, ahora se encuentra en el patio, durante el recreo; Jorge aún no ha vuelto al colegio y Guillermo ha salido de visita cultural con su clase, así que está solo. Pero no le importa, tiene compañía; frente a él, una manada de ciervos ronda por las pistas de deportes. Debe de haber unos treinta ejemplares, pero uno destaca sobre los demás. Es un macho muy grande, con una descomunal cornamenta; ahora está junto a una de las canastas de baloncesto, mirándole fijamente.

Una parte de la mente de Raúl todavía es consciente de que esas imágenes no son reales; pero, al mismo tiempo, el muchacho no se sorprende lo más mínimo de verlas. Lo considera natural; en cierto modo, es lógico que haya ciervos en el colegio.

—Hola —dice de pronto una voz.

Raúl se da la vuelta en redondo y ve a un muchacho de los cursos inferiores. Le suena su cara, pero no logra identificarle.

—¿Quién eres? —pregunta.

—Daniel. Daniel Castro.

Raúl frunce el ceño; aquel nombre le resulta familiar.

—Ah, sí..., te conozco. De pequeño, cuando estabas en Primaria, decían que eras un genio.

—Se dicen tantas cosas...

—Pero tú eras muy listo, ya me acuerdo. A ti te llamaban... Bichorraro, ¿no?

—Entre otras cosas.

—Bichorraro, sí... ¿Qué quieres?

—Me ha parecido que no tenías buen aspecto. ¿Te encuentras mal?

—No, estoy muy bien.

Daniel pone cara de incredulidad.

—Pues nadie lo diría. Tienes los ojos enrojecidos y pareces muy cansado.

Raúl suspira.

—Es que no duermo —dice.

—¿Tienes insomnio?

—No, no, no; es que no quiero dormir.

—¿Y eso por qué?

Raúl mira a un lado y a otro y luego se inclina hacia Daniel.

—Porque cada vez que duermo —dice en tono confidencial—, llega el Ciervo Rojo y me mata.

—¿Te mata?

—Con una lanza.

—Ya, una pesadilla...

—Sí, sí, sí, un sueño —dice Raúl, un tanto exasperado—. Pero da igual, porque cada noche me mata y ya no puedo soportarlo más. Por eso he decidido no dormir.

—¿Quién es el Ciervo Rojo?

—No lo sé. Un hombre muy grande, con el cuerpo

cubierto de pintura roja, o algo así, pero lleva una máscara que le oculta la cara, una máscara de ciervo, con astas y todo.

—¿Y por qué te mata?

—Tampoco lo sé —Raúl hace una pausa—. ¿Sabes algo?, es la primera vez que le cuento esto a alguien. No sé por qué lo he hecho.

—Porque es bueno hablar de los problemas.

—Quizá... ¿Qué te parece?

—Pues que nadie puede estar eternamente sin dormir.

—Yo voy a intentarlo. Si un hombre de verdad se lo propone, puede conseguir cualquier cosa.

—Solo conseguirás ponerte enfermo.

—Y si no —dice Raúl en voz demasiado alta y aguda—, ¿qué hago? ¿Dejar que me maten todas la noches?

Daniel reflexiona unos instantes.

—¿Sabes lo que creo?

—¿Qué?

—Que si supieras quién es el Ciervo Rojo se solucionaría el problema.

—Ya lo sé, ya lo sé. Llevo años buscándole, pero no lo encuentro por ninguna parte. Oye, ya que eres tan listo, ¿qué harías tú en mi lugar?

Daniel se encoge de hombros.

—Le preguntaría quién es —responde.

—¿Qué?

—Me dormiría y, cuando llegara el Ciervo Rojo, le pediría que se quitara la máscara.

—¿Quieres que hable con el Ciervo Rojo?

—Claro, ¿por qué no?

Raúl profiere una carcajada; es una risa monocorde, sin una pizca de alegría, una risa que pone los pelos de punta.

—¡Eso es absurdo! —exclama—. Cuando llega el Ciervo Rojo no puedo moverme y tengo un nudo en la garganta, ¿cómo demonios voy a hablarle?

—Bueno, tú mismo has dicho que un hombre puede conseguirlo todo si se lo propone.

Raúl desecha la idea con un ademán despectivo.

—Es imposible. Aunque consiguiera hablarle, él no me haría caso. Lo único que quiere es matarme.

Se produce un silencio.

—Raúl... —dice Daniel.

—¿Qué?

—¿Por qué no vas a ver a la señora Cardenal?

—¿A quién?...

—Rebeca Cardenal, la psicóloga del colegio. Podría ayudarte.

Raúl frunce el ceño.

—¿Crees que necesito un psicólogo?

—Bueno, si quieres que te diga la verdad..., sí.

Raúl sacude la cabeza.

—De eso nada. Mi padre dice que los psicólogos son cosa de mujeres y de maricones.

—Pero yo creo que...

—Bueno, se acabó —le interrumpe Raúl—. Lárgate, Bichorraro.

—Pero...

—¡Que te largues de una vez!

Daniel hace un gesto de impotencia y se da la vuelta. Mientras se aleja, Raúl masculla por lo bajo:

—Que le hable al Ciervo Rojo... Está loco.

Luego, vuelve la mirada hacia las pistas de deportes y se abstrae de nuevo en la contemplación de los ciervos.

* * *

Cuando acabó la última clase de la mañana, mientras los alumnos salían y Julián recogía sus cosas, Daniel entró en el aula y se aproximó al profesor.

—Buenos días, señor Echevarría; ¿puedo hablar un momento con usted?

Julián alzó la cabeza.

—Ah, eres tú, Daniel... ¿Qué quieres?

—Es sobre un alumno del colegio. Usted le da clase; se llama Raúl Jordán.

En esta ocasión, Julián no tuvo el menor problema en ponerle cara a aquel nombre.

—Sí, lo conozco; menudo personaje. ¿Qué le pasa?

—Está mal.

—¿En qué sentido?

—En todos los sentidos. Por lo visto, lleva varios días sin dormir y..., bueno, creo que tiene alucinaciones.

—¿Y eso cómo lo sabes?

—Porque sigue con la mirada cosas que no existen. Me parece que está empezando a chiflarse.

—«Chiflarse» —repitió con ironía Julián mientras

cerraba su portafolio—. Ese vocabulario no es propio de ti, Daniel.

—Pues está perdiendo la razón, si lo prefiere. Se está volviendo loco.

—¿No estarás exagerando?

—Está muy mal, créame. No le miento, señor Echevarría; a ese chico le pasa algo.

Julián se encogió de hombros.

—Bueno, pues si tan mal está, ya se ocuparán de él sus padres. Ahora, si me disculpas, tengo un poco de prisa...

Pero Daniel no estaba dispuesto a desistir tan fácilmente.

—Creo que es peligroso —dijo.

—¿Qué?

—Que Raúl Jordán es peligroso. Está tenso; es como una olla a presión con la válvula obturada, a punto de explotar. Me parece que podría hacer cualquier cosa.

Julián se quedó mirando al muchacho; parecía sinceramente preocupado.

—¿Y qué quieres que haga yo?

—No sé; hablar con su tutor. O mejor con la señora Cardenal.

—De acuerdo —accedió el profesor—, hablaré con Rebeca hoy mismo. ¿Te parece bien?

—Sí. Gracias.

Julián se despidió con un cabeceo y abandonó el aula. Para ser justos, en esa ocasión no toda la culpa fue suya, pues los auténticos responsables fueron el azar y un virus. Como le había prometido a Daniel, ese mismo día, antes de que comenzaran las clases de la tarde, Julián fue en busca de Rebeca Cardenal, pero no la encontró ni en su despacho ni en ninguna otra parte del colegio. Finalmente, don Matías, el bedel, le informó de que la señora Cardenal se había quedado en su casa con gripe y que no regresaría al colegio hasta dos o tres días más tarde.

Demasiado tiempo. Al día siguiente, Julián ya se había olvidado del asunto.

* * *

Raúl está encerrado en el sótano, a oscuras, como cada noche desde hace casi tres semanas. Sigue sin dormir. Son las cuatro y media de la madrugada. El frío es intenso. Hace una hora, ha estado hablando con su abuelo, el padre de su madre. Es un buen hombre, le quiere mucho; lástima que muriera de un infarto hace ocho años.

Últimamente, Raúl piensa mucho en Julián Echevarría. En realidad, le odia como nunca antes había odiado. Él es el responsable de todo lo que le está pasando. Él le suspendió. Él fue el causante de que le encerraran en el sótano.

El señor Echevarría debería pagar por eso, piensa Raúl.

Mientras permanece tumbado sobre el camastro, hecho un ovillo bajo la manta, el muchacho profiere un gemido débil y continuo. No se da cuenta; está demasiado ocupado procurando no dormirse.

Es un soldado, y el sueño, su enemigo.

Ahora Raúl está en clase. Pero ¿qué clase es esa? No lo sabe; últimamente, se queda en blanco con frecuencia. A veces, las pérdidas de memoria duran solo unos minutos; en ocasiones, horas.

El profesor de Matemáticas está explicando algo en la pizarra. Por tanto, la asignatura es Matemáticas. Raúl procura seguir las explicaciones, pero no puede. Hace mucho que le resulta imposible concentrarse, tanto en el colegio como en casa, cuando intenta estudiar.

Durante los últimos días ha tenido varios exámenes y sabe que los ha hecho mal, sabe que va a suspender la mayor parte de las asignaturas, pero por algún motivo no le importa. Lo que de verdad le preocupa son los ciervos. Raúl mira por la ventana y ve a una hembra que camina renqueante por entre los columpios.

Los ciervos están enfermando.

Ahora Raúl se encuentra en el patio, durante el breve recreo que tiene lugar entre la comida y la primera clase de la tarde. Está con Jorge y con Guillermo, todos en silencio. De un tiempo a esta parte apenas hablan; Jorge sigue muy deprimido por la muerte de su hermano y Guillermo... Guillermo está preocupado; sabe que algo le pasa a Raúl, pero ignora qué puede ser. Raúl lo niega, así que Guillermo se calla y confía en que las cosas mejoren.

Raúl ignora la fecha en que vive. Puede que falten dos o tres días para el comienzo de las vacaciones de Navidad, no está seguro. Pero le da igual, no tiene tiempo para pensar en eso, ni en las desastrosas notas que va a tener ese trimestre. Lo importante son los ciervos. Están muriendo; hay cadáveres por todas partes, en las pistas de baloncesto, en el jardín, en el campo de fútbol donde ahora un grupo de chavales juega un partido. Los pocos animales que siguen vivos apenas pueden moverse, se tambalean, tropiezan, algunos yacen moribundos. Solo el gran macho se mantiene sano y lleno de vitalidad, el ciervo de inmensas astas que nunca deja de mirarle fijamente, como si le acusara de algo.

De pronto, un balón de fútbol sale del campo y rueda mansamente hasta tropezar con los pies de Raúl. Uno de los jugadores le grita que pase la pelota. Abstraído, Raúl le pega una patada al balón, pero lo lanza en dirección contraria al campo de juego. El jugador va a buscarla; al pasar junto a Raúl le dice algo en tono malhumorado.

Parece mentira que una situación tan banal pueda acabar desencadenando unos hechos tan terribles.

* * *

Nadie supo precisar con exactitud cómo ni —sobre todo— por qué sucedió. Un grupo de muchachos estaba jugando al fútbol, el balón salió del campo y rodó hasta llegar a la altura de Raúl.

—¡Eh, pasa la pelota! —le gritó uno de los chicos.

Pero Raúl la envió de una patada al otro extremo del patio. Fue solo eso, una tontería, algo que ocurre cada día en todos los colegios del planeta. El chico que había reclamado el balón fue a buscarlo y, al pasar frente a Raúl, sin siquiera detenerse, dijo en voz baja:

—Maricón...

Durante un segundo no sucedió nada. El chico pasó de largo y siguió su camino en busca del balón. Pero, de pronto, Raúl contrajo el rostro hasta convertirlo en una máscara salvaje, se abalanzó sobre el muchacho, lo derribó de un puñetazo y siguió golpeándolo aun después de que el joven hubiera perdido el conocimiento.

Fue una agresión salvaje, desmedida, totalmente injustificada. Jorge y Guillermo intentaron contener a su amigo, pero Raúl estaba poseído por una furia irresistible y no pudieron evitar que siguiera descargando sus puños una y otra vez contra el chico.

Hicieron falta tres adultos para apartar a Raúl del cuerpo exánime de aquel pobre muchacho.

* * *

(19 de diciembre) Finalmente, ha sucedido lo que me temía. El chico al que Raúl Jordán le ha dado una paliza se llama Tomás Ramírez y tiene trece años. Una ambulancia se lo llevó al hospital todavía inconsciente. Espero que no tenga nada grave.

Lo que no dejo de preguntarme es qué le pasa a Raúl Jordán. ¿Qué es lo que le ha desquiciado tanto? La verdad es que siempre ha sido raro, parecía un robot. Pero ahora es un robot fuera de control. Un autómata sanguinario, como uno de esos supervillanos contra los que lucha Mr. Cristal. Solo que esta vez Mr. Cristal no ha hecho nada. Debería haber hablado yo con la señora Cardenal...

En fin, afortunadamente ya ha pasado todo.

* * *

Son las seis y cuarto de la tarde. Raúl está con su madre en el salón de casa. En un rincón hay un árbol de Navidad de plástico y un pequeño belén. Doña María parece un fantasma; tiene los ojos hundidos y la frente arrugada por la preocupación. De vez en cuando suspira, sin decir nada. Raúl está perplejo, desconcertado; dicen que ha pegado a un chico en el colegio, que le ha dado una paliza brutal, pero él no recuerda haberlo hecho. No se acuerda de nada.

El sonido de la puerta principal al abrirse resuena ominoso en el silencio de la casa. Doña María da un respingo. Al poco, don Eduardo, vestido de uniforme, entra en el salón y se queda mirando a su hijo con tensa frialdad.

—¿Qué ha pasado, Eduardo? —le pregunta su mujer con un hilo de voz.

Él demora unos segundos la respuesta.

—He hablado con la directora del colegio —dice con voz calmada; esa calma helada, su familia bien lo sabe, es aún peor que su furia—. El chico al que pegó Raúl está en el hospital —prosigue—. Tiene la mandíbula dislocada, un pómulo fracturado y no sé cuántas costillas rotas.

—Dios mío... —musita doña María.

—Según los médicos, su vida no corre peligro, aunque no descartan que le quede alguna secuela. Por cierto, el padre del muchacho ha presentado una denuncia contra Raúl. Y no me extraña.

—Pero Raúl no quería hacerlo... —protesta la mujer.

—Tal y como están las cosas, eso lo dictaminará un juez. De momento, Raúl está expulsado del colegio durante un mes. En enero se reunirá la comisión de disciplina para decidir si la expulsión es definitiva.

—No pueden hacer eso...

—Claro que pueden. Ah, y todavía hay algo más. La directora me ha dado las calificaciones de Raúl. Siete suspensos —don Eduardo se vuelve hacia su hijo y se cruza de brazos—. ¿Cómo demonios has conseguido suspender siete asignaturas? —le pregunta.

Raúl no responde. Su padre le está hablando de las notas, pero él no puede quitarse a los ciervos de la cabeza. ¿Por qué estarán muriendo?

Don Eduardo respira hondo.

—¿No tienes nada que decir? ¿No te vas a dignar a explicarme por qué casi matas a un pobre chaval que, encima, es mucho más pequeño que tú?

Raúl permanece mudo. No sabe de qué le está hablando su padre.

Don Eduardo resopla.

—Como quieras —dice—. Vamos a tomar medidas, entonces. Ya que te gusta tanto pegar a los pequeños, veamos si me puedes pegar a mí.

—Eduardo, por favor... —le suplica su mujer—. Raúl no está bien, mírale...

—Vete a la cocina, María.

—Te lo ruego, no le hagas daño...

—¡Que te vayas he dicho!

La mujer parece achicarse, como un pajarillo asustado, y tras dirigirle una patética mirada a su hijo, sale del salón. Don Eduardo se vuelve hacia Raúl y le dice:

—Vamos a cambiarnos; a ver si eres tan macho conmigo como con un crío.

Es cierto que, llegado un momento, don Eduardo suspendió los azotes en las nalgas como forma de sanción, pero no porque le pareciera un castigo demasiado brutal, sino porque se le antojaba poco viril para un adolescente. Él, como a su vez le había enseñado su propio padre, creía firmemente en los castigos corporales; así que lo único que hizo fue sustituir la fusta por los guantes de boxeo.

Ahora, don Eduardo y Raúl se encuentran en el gimnasio, vestidos con pantalón corto y camiseta, de pie sobre el cuadrilátero de lona. Raúl parece como ido; está en otra parte. Maquinalmente, se pone el casco, los guantes y el protector bucal. Don Eduardo ni siquiera se molesta en señalar el comienzo del combate. Sin previo aviso, se abalanza sobre su hijo y le propina un puñetazo. Acto seguido, descarga una torrencial serie de golpes sobre el muchacho, que a duras penas consigue protegerse con los brazos.

¿Qué sentido tiene describir una escena como esta? ¿Qué sentido tiene imaginarla siquiera? Un padre propinándole una sistemática y demoledora paliza a su hijo... ¿Qué sentido tiene eso?

Si al menos Raúl cayera al suelo, quizá la furia de su padre se disipara. Pero no cae, se mantiene en pie incluso cuando ya no tiene fuerzas para protegerse y flota grogui a merced de los golpes. Afortunadamente, uno de los puñetazos rompe la tira que fija el casco y se lo arranca al chico de la cabeza. Entonces, don Eduardo baja los puños y se queda mirando a su hijo con infinito desdén.

—Ya sabes lo que es recibir una paliza —le dice entre jadeos—. Ahora, te vas a meter en el cuarto del sótano y estarás allí tres días seguidos, sin salir, a media ración de agua y comida. ¿Está claro?

No, no está claro. De hecho, Raúl ni siquiera le escucha. Ve luces y colores y oye unas voces distantes que le llaman por su nombre.

El último lazo que le unía con la realidad se ha deshecho.

Tres días a oscuras en un sótano frío y húmedo. Algunos podrían llamar a eso tortura; don Eduardo prefiere denominarlo *disciplina*.

Raúl ha perdido el sentido del tiempo. Yace en el camastro, con el cuerpo dolorido por la paliza, tumbado boca arriba con los ojos abiertos. No ha probado bocado; solo bebe un poco de agua de vez en cuando. Lo más patético de todo es que no sabe por qué le ha pegado su padre. No tiene ni la más remota idea.

Tampoco piensa mucho en ello. Lo que de verdad le preocupa es la salud de los ciervos.

Y seguir despierto.

Raúl ha salido del sótano; está cenando con sus padres. No, no es que hayan cesado las hostilidades; don Eduardo aún no le ha levantado el castigo. Pero hoy es Nochebuena, una fecha que incluso en tiempo de guerra se celebra con treguas.

De modo que solo se trata de eso, de una tregua temporal.

En la cabecera de la mesa, don Eduardo come muy serio, contemplando de reojo la gala especial de Navidad que tiene lugar en la pantalla del televisor. En el otro extremo, doña María, con los ojos vidriosos, mira su comida sin decidirse a probarla. En medio de los dos, Raúl come maquinalmente, con la mirada extraviada. Aún conserva las huellas de los golpes en el rostro, aunque no le duelen demasiado.

El reloj de péndulo hace tictac. Nadie dice nada, salvo el presentador del programa que, desde la pantalla y con una inmensa sonrisa, proclama:

—¡Feliz Nochebuena a todos! ¡Feliz Navidad!

* * *

(25 de diciembre) Feliz Navidad. Otro año más que se va, buenos propósitos, felicidad de mentira, regalos, villancicos y todos los tópicos que uno pueda imaginarse. Lo gracioso es que a mí me gusta la Navidad. Me recuerda a cuando era pequeño y hace que me sienta mejor. Además, ya solo faltan seis días para mi cumpleaños.

Por cierto, hablando de fechas. Mañana es el aniversario de la muerte del hijo del señor Echevarría. Quizá debería hacerle una visita...

* * *

Daniel volvió al apartamento de Julián Echevarría el veintiséis de diciembre, por la tarde, aunque ni siquiera estaba seguro de encontrar en casa al profesor, pues podía ser que hubiese decidido regresar a Pamplona para pasar las fiestas con su familia. Pero Julián sí estaba en casa; tras dos timbrazos, abrió la puerta y se quedó mirando al muchacho con ojos turbios.

—¡Pero si es Daniel Castro! —exclamó—. ¡El famoso superhéroe! Pasa, pasa...

Daniel entró en el apartamento y miró al profesor de reojo; era evidente que Julián estaba borracho. Muy borracho. Más que nunca.

—Buenas tardes, señor Echevarría —dijo Daniel, dejando la mochila en el suelo.

El apartamento estaba más limpio y había menos embalajes; no obstante, sobre la repisa de la cocina descansaban varios vasos sucios y un par de botellas de whisky vacías.

—Buenas tardes, oh, campeón de la justicia —Julián se dejó caer sobre una de las cajas—. Dime, ¿qué te trae por aquí? ¿Has venido a salvarme de algún peligro?

—Solo quería saber cómo estaba y desearle felices fiestas.

—Oh, qué amable... ¡Felices fiestas, Daniel! Qué bonita es la Navidad, ¿no te parece? ¡Hay tanta paz y felicidad! Pero qué cabeza la mía, no te he ofrecido nada —Julián se incorporó vacilante y se dirigió a la cocina—. Tengo whisky, vodka, ginebra y cerveza, pero no tónica. ¿Quieres un whisky, Daniel?...

—No, gracias.

—¿No?... Pues, si no te importa, yo me tomaré uno...

Julián llenó un vaso de whisky hasta la mitad, volvió a sentarse sobre el embalaje y dio un largo trago.

—No debería hacer eso —dijo Daniel—. Ya ha bebido demasiado.

—¿Has venido a sermonearme? Porque los sermones son muyyyy aburridos...

—Beber no soluciona nada.

—Mentira. Beber soluciona muchísimas cosas. Por ejemplo: tú utilizas la literatura para ser otra persona, ¿verdad? Pues yo utilizo el alcohol para no ser nadie. Eso está mucho mejor, ¿eh? No ser nada ni nadie, qué maravilla...

Hubo un silencio. El grifo del fregadero goteaba con el ritmo de un metrónomo.

—Es por su hijo... —murmuró Daniel.

—¿Qué?...

—Hoy es el aniversario de la muerte de su hijo.

—¡Bingo, premio, ya tenemos un ganador! Sí, señor, el segundo aniversario.

—Y usted está así, hecho polvo, porque su hijo murió.

Julián cerró un ojo y negó con la cabeza.

—No. Eso no es del todo exacto —se inclinó hacia delante para adoptar un tono confidencial—: Mira, te voy a contar algo, voy a sincerarme contigo. Pedro, mi hijo, no murió. Yo le maté, que es muy distinto.

Daniel parpadeó varias veces.

—No le entiendo...

—Tranquilo, te lo explicaré. Ya verás, es una historia tremenda... —le dio un nuevo trago a su bebida—. Ocurrió el día siguiente a Navidad, un veintiséis de diciembre tal como hoy. Pedro tenía cinco años y había pasado el día en casa de sus abuelos. Mis padres viven en Monreal, un pueblo que está muy cerca de Pamplona, y yo había quedado en pasar a recogerle a las ocho, pero se me hizo tarde y, además, había quedado a las nueve para hacer no sé qué. Cogí el coche y salí zumbando hacia Monreal. Llegué a las nueve menos veinte; debía recoger a Pedro, llevarle a casa con su madre y acudir a mi cita, todo en veinte minutos. Tenía mucha prisa, así que senté a Pedro en el asiento trasero; me despedí de mis padres, adiós, adiós, y arranqué hacia Pamplona echando mixtos. Conduje a toda velocidad, a tope de acelerador; no había mucho tráfico, así que llegue enseguida a la ciudad. Sin contratiempos, sin problemas. Entonces, cuando solo faltaban dos manzanas para llegar a casa, un semáforo se puso en rojo. Eh, hay tiempo, me dije; puedo saltármelo. Y me lo salté. El único problema es que se cruzó por delante una furgoneta. Pero tengo buenos reflejos, así que di un volantazo y clavé el pie en el freno. Lo más gracioso de todo es que fue un choque muy pequeño, un simple abollón. Ni siquiera saltó el airbag. Pero cuando le pregunté a Pedro si estaba bien, no me contestó; y cuando volví la cabeza, lo que me encontré fue su cuerpo tirado en el suelo del coche, muy quieto y con los ojos abiertos. Se había desnucado...

Sus palabras murieron hasta convertirse en silencio.

—Lo siento mucho —musitó Daniel—. Pero fue un accidente...

Julián alzó un dedo y negó enérgicamente con él.

—No, no, no. Un accidente es cuando un conductor borracho se cruza en la autopista y te arrolla. Pero fui yo quien no le puso el cinturón de seguridad a mi hijo y fui yo quien se salto el semáforo. Eso es negligencia homicida, o algo así dijo el juez...

Julián apuró el whisky de un trago y se sirvió otro.

—No siga bebiendo, por favor. Le va a sentar mal.

—¿Más sermones? ¡Ah no, ya entiendo!... Es Mr. Cristal, que ha venido a salvar al Profesor... ¿Cómo era?

—Furia.

—Furia, eso. Mr. Cristal ha venido a salvar al Profesor Furia de las garras del monstruo del alcohol, ¿no?

—Solo quería saludarle y ver cómo estaba.

—Pues ya ves, estoy fenomenal, en plena forma. ¿Y tú? ¿Mr. Cristal está bien?... —de repente, Julián se quedó mirando al muchacho con los ojos entrecerrados, como si se le acabara de ocurrir algo—. Ahora que lo pienso —dijo—, ¿tú te llamas Mr. Cristal porque eres invisible o porque eres frágil? El cristal se rompe con mucha facilidad, ¿no es cierto? ¿Eso es lo que te pasa a ti, que con solo mirarte te rompes?

Daniel tragó saliva; se sentía incómodo.

—Mr. Cristal es un personaje de cómic —repuso.

—Y también tu álter ego, tu apodo, tu alias, tu *nick* y tu *nom de plume* —Julián bebió un trago de whisky—. ¿Sabes lo que creo, Daniel? —prosiguió—. Creo que eres un cobarde. Creo que tienes tanto miedo que huyes de todo y de todos, salvo del grupito ese de marginados que se refugia en Internet para no tener que afrontar la realidad. Mírame, al menos yo tengo una excusa para mandar a la mierda mi vida: maté a mi hijo. Pero ¿y tú? ¿Qué puñetera excusa tienes tú, si no eres más que un chaval privilegiado, sobreprotegido y mimado?

—Intento ayudar... —musitó Daniel.

—Hermosas palabras. ¡Brindo por eso! —Julián alzó el vaso con gesto burlón y dio un trago—. Y dime, ¿a quién quieres ayudar? ¿A mí? ¿Quieres añadirme a tu colección de personas? ¿O te basta con salvar mi alma?... Vamos, Daniel, ¿crees que esto es uno de esos telefilmes donde un alumno tímido e infeliz se hace amigo de un profesor torturado y le da nuevas esperanzas? —soltó una risotada sarcástica—.

No seas ridículo; ni esto es un telefilme, ni tú y yo somos amigos...

Como si tanto hablar le hubiera agotado, Julián cerró los ojos y se quedó inmóvil y en silencio, con el vaso de whisky sujeto en una mano y la espalda recostada contra la pared. Parecía dormir.

—Creo que será mejor que me vaya —dijo Daniel al cabo de unos minutos.

—Sí, Daniel, corre a esconderte —contestó Julián sin abrir los ojos—. Ya conoces la salida; disculpa si no te acompaño...

El muchacho recogió su mochila y abandonó el apartamento. Cuando llegó al portal, antes de salir a la calle, se detuvo frente a los buzones de correo y se quedó unos minutos pensativo, mirándolos. Luego, se sentó en las escaleras, sacó de la mochila una hoja de papel en blanco, un rotulador negro y comenzó a dibujar. Diez minutos después, dobló el dibujo por la mitad, lo introdujo en el buzón de Julián y salió al exterior.

Esa fue la última vez que Daniel estuvo en la casa de Julián Echevarría.

Julián despertó a las dos y media de la madrugada. Se había quedado dormido en el salón; tenía frío, un terrible dolor de cabeza y el estómago revuelto. Al levantarse, advirtió que se le había caído el vaso; había un charco de whisky en el suelo. Ya lo recogería mañana. Se dirigió tambaleante al baño, bebió agua directamente del grifo y tomó un par de aspirinas.

Acto seguido, se quitó la ropa hasta quedarse en calzoncillos, se metió en la cama y, sin solución de continuidad, se quedó profundamente dormido.

Al día siguiente, Julián se levantó con la mayor resaca de su vida. Se sentía fatal, y no solo a causa de los estragos del alcohol, sino también por la vergüenza. Recordaba muy vagamente, como a través de una cortina de agua, su charla con Daniel Castro, pero lo poco que recordaba no era precisamente para sentirse orgulloso. Había sido demasiado brusco con el chico. No..., había sido brutal.

Julián estuvo a punto de llamarle por teléfono para disculparse, pero al final decidió que sería mejor hacerlo en persona, cuando comenzaran las clases. Más tarde, cuando se encontró un poco mejor, tiró todo el alcohol a la basura y aseó el apartamento. Después de comer, salió a la calle y dio un largo paseo. Hacía frío.

Las previsiones meteorológicas anunciaban nevadas.

* * *

(31 de diciembre) Hoy he cumplido quince años. Mamá ha dicho que ya soy todo un hombre y me ha regalado una cazadora. Papá me ha estrechado la mano, muy solemne, y me ha regalado un juego de ordenador y una máquina de afeitar. Esto último, la máquina de afeitar, debe de ser una previsión de futuro, porque no tengo

ni un pelo en la cara. Maika no me ha regalado nada, pero al menos no se ha meado en mi cuarto.

El fin de año siempre me pone un poco triste. ¿O lo que me pone triste es mi cumpleaños? Da igual. Feliz año nuevo...

* * *

Julián estaba tumbado en la cama, frente al televisor, cuando sonaron las doce campanadas que marcaban el inicio del año nuevo. No había cenado nada especial —una pizza congelada— y no tenía uvas con que celebrar el tránsito anual, ni ganas de hacerlo. Cuando sonó la última campanada, una explosión de júbilo se desató en la Puerta del Sol de Madrid. ¿Por qué se alegraban tanto?, pensó Julián. ¿Qué más da un año que otro?

De pronto, el teléfono sonó tres veces y el contestador se puso en funcionamiento. Tras la locución grabada, una voz de mujer sonó por el altavoz:

—Julián, soy Clara. ¿Estás ahí?... Sí, sí que estás, lo sé; aunque no vas a ponerte. Bueno, como quieras. Estoy en casa de mis padres y... me he acordado de ti. Solo quería desearte feliz año nuevo...

Súbitamente, Julián se levantó de la cama y echó a correr hacia el teléfono, pero la comunicación se cortó antes de que llegara. Levantó el auricular y comenzó a marcar el número de sus suegros, pero se detuvo antes de completarlo. Colgó el teléfono y bajó la mirada. Tenía que hablar con su exmujer, pero no ahora, y también tenía que llamar a Daniel, no solo por las disculpas, sino porque había sido su cumpleaños. Y tenía que...

Lentamente, Julián regresó al dormitorio y se tumbó en la cama. La sed le torturaba, pero no tenía alcohol con que saciarla. Sin pretenderlo, sus pensamientos evocaron otras Navidades, otros fines de año, cuando aún tenía una familia y Pedro estaba vivo. Era como evocar los recuerdos de otra persona, como si aquella vida pasada ya no tuviera nada que ver con él.

Hacía mucho tiempo que Julián no lloraba.

Aquella noche sus lágrimas empaparon la almohada.

* * *

La Navidad ha pasado y el fin de año, en casa de los Jordán, no merece una tregua. Después de cenar, tras las campanadas de medianoche, a las doce y media en punto, don Eduardo conduce a su hijo al sótano y lo encierra bajo llave.

Raúl lleva casi un mes sin dormir. Su organismo está a punto de colapsarse; se marea con frecuencia, las alucinaciones —visuales y auditivas— son constantes, es incapaz de pensar con coherencia. Sencillamente, está en la frontera, al límite de sus fuerzas. Ya no puede más.

Así que esta noche, la noche que va del treinta y uno de diciembre al uno de enero, después de semanas de insomnio voluntario, mientras yace en la oscuridad profiriendo un débil gemido, Raúl se queda dormido.

Transcurren unos minutos, quizá horas; es imposible determinarlo.

De pronto, Raúl está desnudo en una lóbrega selva, junto a una hoguera. Es la misma pesadilla de siempre... Aunque no, no exactamente igual, hay una diferencia: esta vez, Raúl sabe que está soñando y también sabe lo que va a suceder.

Sabe que la selva se sumirá en el silencio y que luego se oirán tambores.

Y la selva enmudece y los tambores suenan.

Sabe que los tambores callarán.

Y los tambores callan.

Sabe que escuchará el sonido de unos pasos aproximándose.

Y el suelo tiembla con el percutir de unos pasos.

Sabe quién aparecerá ahora...

Y el resplandor de la fogata ilumina el cuerpo arcilloso de un gigante enmascarado que se detiene frente al joven con una lanza en la mano.

Raúl sabe que ahora va a morir, pero precisamente por saberlo no está tan asustado como otras veces. Quizá en esta ocasión pueda hacer algo, piensa; defenderse, o huir, o pedir auxilio, o... ¿Qué dijo aquel chico en el colegio?... Dijo que hablara con él...

El Ciervo Rojo levanta la lanza y tensa el brazo para proyectarla contra el muchacho. Entonces, Raúl grita:

—¡¿Quién eres?!

El gigante no responde, pero se queda quieto, no arroja su arma.

—Si me vas a matar —dice Raúl, insólitamente

calmado—, permíteme al menos saber quién eres. Quítate la máscara.

El Ciervo Rojo no hace nada durante una eternidad. Luego, baja la lanza lentamente, se lleva una mano a la cara y, muy despacio, se quita la máscara de ciervo. El ondulante resplandor de la hoguera ilumina su rostro.

Es un rostro muy, muy, muy familiar...

Raúl se incorpora bruscamente sobre el camastro. Esta vez, tras la pesadilla, no hay un grito formándose en sus labios, sino una sonrisa. Si pudiéramos ver en la oscuridad, advertiríamos que esa desquiciada sonrisa refleja a la vez triunfo, alivio, sorpresa y odio.

Raúl ya sabe quién es el Ciervo Rojo.

Y aún más importante: sabe lo que tiene que hacer.

Enero

Durante los primeros días de enero, los vientos arrastraron una masa de aire polar en dirección al sur, dejando a su paso un manto de escarcha por el norte y el centro de Europa. Al mismo tiempo, un viento procedente del Atlántico sopló hacia el este, cubriendo de nubes la Península Ibérica. Cuando las dos masas de aire se encuentren, una gran nevada vestirá la tierra de blanco, el color de la pureza.

Aunque el blanco, según algunas culturas, también es un símbolo de la muerte.

* * *

El día de Año Nuevo, a las ocho y media de la mañana, después de ducharse, afeitarse y vestirse, don Eduardo baja al sótano, abre la habitación donde está encerrado su hijo y, sin molestarse en dirigirle una mirada, masculla un seco «levántate», para encaminarse acto seguido a la cocina, donde se bebe la taza de café, negro y sin azúcar, que le ha preparado su mujer.

Luego, se pone una camiseta, unos pantalones cortos, unas zapatillas y sale a correr. Ya sabemos que don Eduardo es un fanático del ejercicio físico, pero en esta ocasión apenas recorre un par de kilómetros; hace un frío endiablado, así que regresa a casa y baja al gimnasio para hacer un poco de bicicleta estática.

Y allí está Raúl, esperándole junto al cuadrilátero de lona. Tiene puestos los guantes de boxeo y sonríe de una forma extraña.

—Hola, padre —dice, pronunciando las palabras muy despacio—. ¿Quieres que hagamos un poco de ejercicio?

Don Eduardo frunce el ceño y sacude la cabeza.

—No tengo ganas —dice mientras echa a andar hacia la bicicleta.

—¿Es que ya estás viejo, padre?

Don Eduardo se detiene y mira al muchacho. Hay algo raro en él esa mañana; de entrada, por primera vez en su vida le está tuteando; además, ¿lo último que ha dicho no ha sido una falta de respeto?...

—De acuerdo, vamos a sudar un rato —acepta—. Ponte el casco.

—No puedo. Está roto.

Con un encogimiento de hombros, don Eduardo se pone los guantes y el protector bucal. Avanza hacia el cuadrilátero hasta detenerse frente a Raúl, alza la guardia y le estudia durante unos instantes.

Súbitamente, decidido a acabar cuanto antes, don Eduardo amaga con la derecha y lanza un potente golpe de izquierda, pero su hijo lo esquiva con facilidad y retrocede un paso. Irritado, don Eduardo intenta conectar dos puñetazos consecutivos que, una vez más, solo encuentran el aire. Durante ocho largos minutos, Raúl esquiva todos los golpes de su padre, baila, danza a su alrededor sin encajar un solo puñetazo ni contraatacar.

Ocho minutos; demasiado para don Eduardo. Tiene cuarenta y seis años y, aunque es muy fuerte, ya no goza de la resistencia de antaño. Le pesan las piernas, jadea, siente calambres en los brazos de tanto golpear el aire. Está agotándose.

De pronto, el combate cambia. Raúl hace un quiebro y, por primera vez, descarga un directo contra el mentón de su padre. Aturdido, don Eduardo retrocede y alza la guardia para protegerse, momento que Raúl aprovecha para conectar un fuerte *crochet* en el plexo.

Sintiendo que el aire se le escapa de los pulmones, don Eduardo se dobla sobre sí mismo y se cubre torpemente con los brazos. Entonces Raúl empieza a golpearle de verdad, por todas partes, frenéticamente, en la cara, en el cráneo, en los costados, como un herrero martilleando el hierro. De no ser por la diferencia de peso a su favor, don Eduardo ya habría caído al suelo.

—¡Basta! —grita.

Pero no, no basta, y Raúl, con mecánica frialdad, continúa descargando puñetazo tras puñetazo. Finalmente, don Eduardo logra apartarse y salir dando traspiés del cuadrilátero. Tiene un labio roto y la sangre le gotea por el mentón.

—Pero ¿te has vuelto loco?... —dice cuando logra recuperar el resuello.

—¿Por qué? —sonríe Raúl—. Solo estamos haciendo ejercicio. Como el otro día, ¿verdad, padre?

Por una vez, don Eduardo no sabe qué responder. Se limpia la sangre con el dorso de la mano y echa a andar con paso inseguro hacia la escalera.

—Padre —le contiene Raúl—. Escúchame bien: no volveré a dormir en el sótano. Jamás. ¿Está claro?

Don Eduardo abre la boca para decir algo, pero la vuelve a cerrar. Hay un brillo acerado en la mirada de su hijo que le provoca escalofríos.

Raúl se siente bien por primera vez en mucho tiempo. Podría decirse que está en armonía con el universo. Tras descubrir la identidad del Ciervo Rojo, ha vuelto a conciliar el sueño con normalidad; no duerme mucho, es cierto, solo dos o tres horas cada noche, pero ya no tiene pesadillas, ya no sueña con nada. Es como si, después de una gran confusión, las piezas de su cerebro hubieran vuelto a encajar. El único problema, aunque él no lo sabe, es que han encajado de forma equivocada.

Sin embargo, Raúl cree verlo todo con sobrenatural claridad. Se siente transfigurado, como si se hallara en un estado alterado de conciencia que le permitiera verlo y conocerlo todo. Ya sabe, por ejemplo, dónde están los enclaves enemigos y también sabe cómo eliminarlos.

Ahora, Raúl está en su cuarto, trazando un plano sobre una hoja de papel. Lo ha dibujado de memoria, pero refleja con bastante exactitud la distribución del colegio Anna Frank. El joven marca líneas, flechas, trayectos, apunta horas al margen. La estrategia general está muy clara; falta por perfilar la táctica.

También tiene que verse con Jorge y con Guillermo; los necesita para llevar adelante sus planes.

El día D ya está fijado: ocho de enero.

El primer día de clase tras las vacaciones de Navidad.

El cuatro de enero, por la tarde, Raúl se reúne en su casa con Jorge y con Guillermo. Jorge continúa estando muy deprimido; las Navidades no han hecho más que incrementar el dolor que siente por la pérdida de su hermano.

—¿Te ha levantado tu padre el castigo? —le pregunta Guillermo a Raúl.

—No. Me lo he levantado yo.

Están en el dormitorio de Raúl; este se aproxima a un armario y saca de su interior una botella de coñac y tres copas.

—¿Queréis un trago?

—Guay... —dice Jorge.

—No me gusta el alcohol —dice Guillermo.

—Vamos, son las fiestas de Navidad; celebrémoslo —Raúl llena las copas y propone un brindis—: Por nosotros.

Jorge vacía su copa, Guillermo da un sorbo y arruga la nariz, Raúl apenas se moja los labios.

—¿Van a expulsarte del colegio? —pregunta Jorge.

—Lo más probable.

—Serán desgraciados...

—¿Qué vas a hacer? —dice Guillermo.

—Tengo una misión, ¿sabéis? —responde Raúl—. Hay cantidad de cosas torcidas en el mundo y alguien debe enderezarlas. Los enemigos se ocultan entre nosotros. Cualquiera puede traicionarte. Cualquiera.

—Yo nunca te traicionaría —dice Guillermo.

—Ya lo sé; y Jorge tampoco. Pero es que nosotros somos distintos, especiales. Aún creemos en los viejos valores; la amistad, el valor y el honor... ¿No es cierto?

—Sí.

—Claro.

Raúl llena de nuevo las copas y brindan por los viejos valores.

—¿Se sabe algo de lo de tu hermano? —pregunta Raúl.

Jorge se encoge de hombros.

—Aún no han encontrado a los cabrones que le asesinaron —dice con desánimo.

—¿Veis? —comenta Raúl—. A esa clase de cosas me refiero. A Gonzalo le metieron en la cárcel solo por defender sus ideales. Luego, le matan como a un perro y nadie hace nada.

—¡Hijos de puta! —masculla Jorge con rabia.

—¿Y tú? —le pregunta Raúl—. ¿Tampoco tú vas a hacer nada?

Jorge le mira con desconcierto.

—¿Y qué puedo hacer?

—Mucho. Si un hombre de verdad se lo propone, puede conseguirlo todo. Si queremos hacerlo, si nos lo proponemos con firmeza, podemos enderezar las cosas y dar ejemplo a los demás. Un ejemplo que nunca olvidarán.

—¿Qué quieres decir? —pregunta Jorge.

—Quiero decir que ha llegado el momento de hacer algo. Y no solo por tu hermano, Jorge, sino por todo lo malo e incorrecto que hay en el mundo. Pensad en el colegio. Mienten. Me acusan de haber pegado a no sé quién y amenazan con expulsarme. ¿Cómo podemos consentirlo?

Guillermo está a punto de señalar que es cierto, que él mismo vio cómo le pegaba una paliza a un muchacho, pero al final no se atreve a contradecirle.

—¿Y el señor Echevarría? —prosigue Raúl—. Es el mayor culpable de todos. Siempre sarcástico, siempre hiriente, siempre tan seguro de sí mismo. Nos odia y nos envidia, porque nosotros tenemos valores y él no.

—¡Es un desgraciado! —apoya Jorge.

—Y no solo es el señor Echevarría —insiste Raúl con absoluta convicción—. Son todos. La directora, y los profesores, y los alumnos... Incluso están matando a los ciervos...

—¿Qué?

—No importa —Raúl sacude la cabeza; ahora no debe pensar en los ciervos—. Lo importante es que el Anna Frank está podrido.

—Tiene nombre de judía el maldito colegio... —dice Jorge entre dientes.

—¿Por qué no le damos un lección? —concluye Raúl.

—¿A quién? —pregunta Guillermo, confundido por el rumbo que está tomando la conversación.

—Al colegio —susurra Raúl—. Por el hermano de Jorge y por los valores que defendemos. Vamos a vengar todas las ofensas. ¿Estáis conmigo?

Nada de lo que ha dicho Raúl tiene el menor sentido; es un puro desvarío, pero su soflama ha conseguido enardecer de rabia e indignación a Jorge.

—¡Yo me apunto! ¡Se van a enterar!

—¿Y tú, Guillermo, estás conmigo?

El muchacho asiente sin excesiva convicción.

—Claro... Pero ¿qué vamos a hacer?

—Algo que no olvidarán. Ya os lo explicaré más adelante.

—Pero ¿qué es? ¿Una broma?

Raúl sonríe.

—Sí, una broma. Una inmensa broma.

—No será una pasada, ¿verdad? Quiero decir que...

Raúl le interrumpe con un gesto. Luego, tiende la mano y con inesperada delicadeza acaricia la mejilla de Guillermo.

—Confía en mí —dice—. Por favor.

Guillermo asiente con cierta renuencia. Raúl llena las copas y propone un nuevo brindis.

—¡Por nuestros planes! ¡Hasta el fondo!

Los tres apuran de un trago sus bebidas. Guillermo tuerce el gesto y Jorge exhala una bocanada de aire. Se produce un silencio.

—Mi padre regresará tarde a casa —dice de pronto Raúl—. Y mi madre está descansando en su cuarto. ¿Queréis ver la colección?

—¡Guay! —exclama Jorge.

—¡Genial! —asiente Guillermo.

Raúl abre la puerta del despacho de su padre y se aparta a un lado.

—No hagáis ruido —susurra.

Con la actitud reverente que otros emplearían para acceder a un templo, Guillermo y Jorge entran en el despacho y se quedan pasmados contemplando los objetos que cuelgan de las paredes o descansan en vitrinas.

Don Eduardo no solo es un fanático de la caza, la disciplina y el ejercicio físico; también le apasionan las armas y, durante muchos años, ha ido reuniendo una considerable colección de armas de fuego. Su despacho está atestado de revólveres, pistolas, fusiles, carabinas, escopetas y ametralladoras. Colgado de una pared hay un *CETME* del ejército español, a su lado varias pistolas *Luger Parabellum*, más arriba un fusil alemán *Sturmgewehr* de la Segunda Guerra Mundial y junto a él un *FAL* belga del calibre 7'92. La habitación está llena de instrumentos de guerra. En realidad, esa colección es ilegal; las armas deberían estar inutilizadas, pero no es así. Todas se encuentran en perfecto estado de funcionamiento.

Raúl se aproxima a una de las vitrinas, la abre y saca de ella un fusil de asalto.

—El famoso M-16 —dice, mostrándolo—. Es el modelo A-1: lo fabricaron los americanos en los años sesenta para luchar en Vietnam y enfrentarse a los *Kalashnikov AK47* soviéticos. Es una joya.

Jorge y Guillermo miran fascinados el arma que sostiene su amigo. Raúl, sonriente, desmonta el cargador, corre el cerrojo y pregunta con inocencia:

—¿Queréis que os explique cómo funciona?...

* * *

La víspera de Reyes después de comer, al igual que hacía todas las tardes, Julián salió a dar un paseo. Estaba muy nublado; el hombre del tiempo había anunciado inminentes nevadas, pero hacía menos frío que en días pasados.

Al llegar al portal, Julián advirtió que su buzón estaba lleno de correspondencia. No era de extrañar; hacía semanas que no lo vaciaba. Se detuvo, buscó las llaves, abrió el buzón y sacó todo lo que había dentro. Facturas, publicidad, cartas comerciales, extractos bancarios... A punto estuvo de tirarlo todo a la basura, pero entonces se fijó en una hoja de papel grueso doblada por la mitad. No parecía una carta. La desplegó, alzó las cejas con sorpresa y se quedó mirándola largo rato.

Era una ilustración, una viñeta de cómic dibujada por Daniel Castro. En ella podía verse al Profesor Furia, con toga, birrete y una expresión alarmada en el rostro. A su lado estaba Mr. Cristal, totalmente visible, tumbado contra un árbol y con las manos entrelazadas tras la cabeza. Detrás de ellos, en la distancia, se veía un paisaje urbano y a un robot gigante destrozando un rascacielos. El Profesor Furia decía: «*Tenemos trabajo, Mr. Cristal. Un robot fuera de control está apoderándose de todos los ordenadores de la ciudad. Dice que lucha contra la esclavitud*». Y Mr. Cristal, con una expresión indolente en el rostro, respondía: «*Lo siento, no puedo hacer nada. Una explosión de ondas MR me ha despojado de mi poder y ya no puedo volverme invisible. Y si quiere que le diga la verdad, me alegro; estaba harto de que la gente mirase a través de mí. Ya se ocupará la policía de ese robot. Ande, Profesor, túmbese un ratito y relájese. Hace un día estupendo*».

Julián permaneció unos minutos en medio del portal mirando aquel dibujo con una sonrisa en los labios. Luego, pensativo, tiró la correspondencia a la papelera, se guardó la viñeta en el bolsillo y regresó a su apartamento. Una vez allí, cogió un libro, escribió algo en su interior, lo metió en un sobre, buscó en su portafolio una dirección y salió otra vez de casa. La oficina de correos del barrio estaba cerca del apartamento; cuando llegó allí, Julián franqueó el sobre y lo envió por correo certificado. Después, comenzó a dar el aplazado paseo.

Las calles estaban atestadas de gente que realizaba las últimas compras de Reyes. Había guirnaldas luminosas, abetos de Navidad, bolas de colores, espumillón y acebo en los escaparates; se oían villancicos, voces y risas. Hasta hacía muy poco, todo aquello habría malhumorado a Julián, pero esa tarde no ocurrió así. Por algún motivo, Julián Echevarría se sentía relajado y tranquilo.

La noche de Reyes, de madrugada, comenzó a nevar. Los copos cayeron mansamente durante más de seis horas y la nieve no tardó en cuajar sobre las aceras y las calzadas, sobre los campos, los parques y los tejados, cubriéndolo todo con un sudario helado.

Poco después del amanecer, la nevada cesó, pero el cielo siguió cubierto por una densa capa de nubes cargadas de nieve.

* * *

En casa de los Jordán no hay regalos ni risas; hace mucho tiempo que allí no se celebra el día de Reyes. Pero a Raúl no le importa; se encuentra en su cuarto, tumbado sobre la cama, trazando planes, describiendo itinerarios, planificando ataques y contraataques. Está feliz e impaciente.

Ya solo faltan cuarenta y ocho horas para el día de la depuración.

* * *

(6 de enero) Los Reyes me han traído varios regalos. No tengo ganas de enumerarlos; en cualquier caso: gracias, Melchor; gracias, Gaspar; gracias, Baltasar; gracias, mamá; gracias, papá. Que te den, Maika.

Yo les he regalado a mis padres un dibujo. Un retrato

a lápiz de los dos que he copiado de una foto. Estaban encantados y asombrados. No podían creerse que yo dibujara tan bien. Normal: es la primera vez que les enseño uno de mis dibujos. Bueno, pues que se han quedado tan contentos. Me alegro.

Hoy ha nevado. Es bonito, sin embargo... No sé, tengo un mal presentimiento. Vale, puede que sea una bobada, pero el sexto sentido de Mr. Cristal está sonando como la sirena de un submarino después de la explosión de una carga de profundidad.

* * *

Siete de enero. Día D menos uno. Ha vuelto a nevar. Raúl no ha cesado de revisar su plan una y otra vez, sin descanso; todo tiene que salir a la perfección.

Por la tarde, cuando anochece, llama por teléfono a Jorge.

—Mañana es el día —le dice—. ¿Sigues dispuesto a todo?

—Claro, tío —contesta Jorge al otro lado de la línea—. Que les den.

—Muy bien. Pues ven a mi casa mañana, a las seis.

—¿De la tarde?

—De la madrugada. Y procura que no te vea nadie.

—*Joé*, qué madrugón... ¿Qué vamos a hacer?

—Te lo contaré mañana. No te retrases.

A continuación, Raúl llama a Guillermo y le dice lo mismo.

—¿A las seis de la mañana? —la voz de Guillermo suena titubeante—. Oye, no sé... Me da mala espina este rollo...

—¿Te estás echando atrás?

—No, no..., pero ¿por qué no me cuentas lo que has planeado?

—Mañana te lo diré.

—Pero...

—¿Vas a fallarme, Guillermo? He apostado por ti; no me decepciones.

Un largo silencio jaspeado de estática.

—Bueno, vale..., estaré allí a las seis.

—Así me gusta, soldado. Trae ropa cómoda; cazadora y botas. Y sé puntual.

Poco antes de la medianoche, en casa de los Jordán.

Todos se han retirado ya a sus dormitorios, pero aún no han apagado las luces. Raúl sale de su cuarto y se dirige a la habitación de su madre. Doña María está metida en la cama; a su lado, el tenue resplandor de una lámpara de noche luce sobre la mesilla. Raúl se sienta en el borde de la cama.

—Hola, Raúl —sonríe débilmente su madre—, ¿cómo estás?

—Bien, mamá. ¿Y tú?

—Me duele un poco la cabeza, pero ya pasará... ¿De verdad estás bien, hijo?

—Sí. Todo se va a solucionar muy pronto, ya lo verás.

—Eso espero, Raúl...

—Claro que sí, mamá. Y tus problemas también se solucionarán. Se acabarán los dolores de cabeza y nadie te volverá a tratar mal; todo va a ser distinto. Ahora descansa, mamá.

Raúl sonríe con dulzura a su madre y la besa en la frente.

—Buenas noches, mamá.

—Buenas noches, Raúl...

Raúl ha regresado a su dormitorio y se ha desvestido, pero en vez de ponerse el pijama, se ha vuelto a vestir con un jersey negro de cuello vuelto, pantalones *chinos* y botas de monte. Ha apagado la luz, se ha tumbado en la cama y ha comenzado a esperar.

Tiene los ojos abiertos, está despierto, hasta que poco a poco va sumiéndose en una especie de trance, su mente se fragmenta en jirones de niebla y la conciencia se difumina. Cuando el reloj del comedor da dos campanadas, Raúl se levanta de la cama, sale de su cuarto y, sin hacer ruido, se dirige a la planta baja.

Lentamente, moviéndose como un robot, con la mirada opaca, Raúl abre la puerta del despacho de su padre y enciende la luz. Se aproxima a una de las paredes y descuelga una pistola *Luger Parabellum*. Abre un cajón y saca una caja de balas del calibre 9; introduce siete en el cargador de la *Luger* y una en la recámara.

Apaga la luz y sale del despacho. Con la pistola

empuñada en la mano derecha, comienza a subir las escaleras.

Va a hacerles una visita a sus padres.

* * *

La urbanización estaba sumida en la quietud. El resplandor de las farolas describía conos de luz en la oscuridad de la noche. La nieve caía perezosamente. Durante unos instantes, una grieta en las nubes permitió que el resplandor de la luna tintara de azul pálido las casas y las calles.

De pronto, sonó una detonación y, treinta segundos más tarde, otra. Un perro comenzó a ladrar en la lejanía. Si alguien hubiera oído aquellos estampidos, habría pensado que se trataba del petardeo de un coche con el carburador sucio.

Se equivocaría.

Eran disparos.

* * *

Jorge y Guillermo se presentan puntuales a la cita. Raúl los recibe en la puerta y los conduce al salón. Sobre la mesa hay una jarra de café recién hecho, tazas, una botella de coñac y tres copas.

—¿Y tus padres? —pregunta Guillermo.

—Se fueron de viaje ayer —responde Raúl.

—¿Adónde?

—Lejos. ¿Hace frío ahí fuera?

—Un huevo —asiente Jorge, frotándose las manos—. Todavía está nevando.

—Entonces, sentaos y tomad café.

Los tres se acomodan en torno a la mesa y llenan sus tazas. Durante un rato beben en silencio. Guillermo y Jorge todavía están un poco somnolientos.

—Oye, ¿no huele a algo raro? —pregunta Jorge, frunciendo la nariz.

Guillermo olisquea el aire.

—Yo no huelo nada —dice—; estoy resfriado.

—Me parecía que olía como... a pólvora —Jorge se encoge de hombros y se vuelve hacia Raúl—. Bueno, tío, ¿qué vamos a hacer?

En vez de contestar, Raúl coge la botella de coñac y llena las copas.

—Esto nos hará entrar en calor —dice.

—Todavía no he desayunado —protesta Guillermo—. Me va a sentar mal...

—No, te sentará bien. Bebe. ¡Salud, camaradas!

Apuran las copas de un trago. Raúl tenía razón, piensa Guillermo; el alcohol le ha inundado de calor.

Raúl vuelve a llenar las copas.

—Antes de llevar a cabo una acción —dice—, hay que tener muy claros los motivos para realizarla. Y nuestras razones son poderosas, porque defendemos principios vitales y porque el enemigo quiere acabar con nosotros...

Raúl habla largo y tendido, durante más de una hora. Su discurso carece de sentido, es un cúmulo de despropósitos, obsesiones y paranoias, pero a sus amigos, fascinados por la ardiente elocuencia del joven, les suena lleno de lógica y cordura. En resumen, lo que Raúl les dice es que ellos son especiales, superiores a los demás, que sus ideales y su valor son el último bastión en la defensa del orden y del honor. Les dice que su misión es enderezar todo lo que está torcido en el mundo y, de vez en cuando, exige venganza sobre un enemigo cuya identidad nunca queda del todo clara.

Entre tanto, mientras Raúl habla, va llenando las copas, una y otra vez, hasta que la botella se vacía. Cuando concluye su discurso, Guillermo y Jorge están borrachos.

—Piensa en tu hermano —le dice, finalmente, Raúl a Jorge—. Imagínatelo en el patio de la cárcel, rodeado de enemigos, solo, sintiendo cómo los cuchillos se clavan en su carne, sintiendo cómo la vida se le escapa...

Una lágrima resbala por la mejilla de Jorge.

—¿No te gustaría vengarte?

—¡Claro que sí! ¡Los mataría a todos!

En el reloj del comedor suenan ocho campanadas. La luz del amanecer se cuela por las ventanas. Raúl se pone en pie.

—Venid conmigo —dice.

Con paso no excesivamente firme, Jorge y Guillermo le siguen hasta el despacho de don Eduardo. Raúl abre la puerta y señala hacia el escritorio; sobre él hay tres grupos perfectamente ordenados de armas, cargadores y munición.

—El de la izquierda es para mí —dice Raúl, señalando las armas—; el de al lado, para Jorge, y el otro para ti, Guillermo.

Guillermo está confuso, aturdido. El alcohol le impide pensar con claridad; aun así sabe que aquello es erróneo, absurdo, terrible. Sin embargo, no puede resistirse. Es como si estuviera viviendo una de esas pesadillas en las que intentamos movernos y no podemos, pese a la inminencia de algún peligro.

Raúl le cuelga del hombro una ametralladora ligera *Schmeisser MP18*, le pone en las manos un fusil de asalto *Heckler-Koch G3* y le mete en los bolsillos de la cazadora una pistola *Beretta* del calibre 22 y varios cargadores. Guillermo se deja hacer; es como si careciera de voluntad. Pero está muy asustado.

Jorge lanza gritos de entusiasmo mientras empuña el *Kalashnikov* que le ha entregado Raúl. No le importa que sea un arma comunista; le encanta su tacto, su peso, su forma. También lleva al hombro una *Schmeisser* y, en el cinturón, una automática *Browning MKII.* Se siente Rambo, Schwarzenegger, Van Damme. Se siente un soldado. Se siente tan grande como su hermano.

A Raúl le basta con su querido fusil de asalto M-16 y con una canana llena de cargadores. No necesita más.

—¿Qué vamos a hacer?... —logra musitar Guillermo.

—Vamos a purificar el Anna Frank —responde Raúl con el rostro iluminado.

—¡Se van a enterar! —grita Jorge con rabia.

—Pero, pero... —Guillermo abre y cierra la boca como un pez—. ¿Es una broma?...

No, por desgracia no es una broma. Raúl les indica con un cabeceo que le sigan y los tres se dirigen de nuevo al salón. Raúl coge de un aparador otra botella de coñac y llena las copas.

—Por la victoria —dice, alzando su bebida.

—¡Por la victoria! —Jorge apura el coñac de un trago.

—No puedo beber más... —protesta Guillermo.

—Bebe —ordena Raúl.

Guillermo obedece. Da una arcada, aunque logra contener el vómito. Traga saliva y respira hondo varias veces.

—Ha llegado el momento: día D, hora H —dice Raúl con fría calma—. Iremos al colegio en el Land Rover de mi padre. Yo conduciré.

—Pero... —protesta Guillermo—, si no tienes carné...

Raúl no puede evitar echarse a reír. Incluso una mente tan extraviada como la suya se da cuenta de lo ridícula que es la objeción de Guillermo en aquellas circunstancias.

Hace rato que ha dejado de nevar. Las aceras están cubiertas por un manto blanco, pero la sal esparcida por los camiones del Ayuntamiento ha fundido la nieve de la calzada. Aun así, Raúl conduce el todoterreno despacio, con precaución. No quiere exponerse a un accidente, ni a que le pare la policía. Todo debe funcionar a la perfección. Como un reloj.

Mientras conduce, Raúl expone la táctica. Es sencilla:

—Entraremos en el colegio a las nueve y veinte, cuando las clases estén empezadas. Yo iré en cabeza; eliminaré la resistencia que encontremos, cerraré las puertas con los controles que hay en la garita del bedel e inutilizaré los mandos. Tú, Jorge, te harás fuerte en el vestíbulo principal. Cuando empiece el combate, los civiles intentarán salir por allí, pero tú los mantendrás a raya con fuego graneado. Entre tanto, yo iré con Guillermo a la planta superior. Una vez que hayamos alcanzado los objetivos previstos, regresaremos al vestíbulo y nos retiraremos. En total, la acción no debe durar más de cinco o seis minutos. ¿Está claro, soldados?

Nadie dice nada, nadie pregunta cuáles son los objetivos previstos, ni qué harán después, cuando todo acabe. Jorge profiere un ebrio grito de guerra y Guillermo intenta no vomitar.

Llegan al Anna Frank a las nueve menos cinco y aparcan enfrente, a unos cien metros de distancia. El cielo sigue nublado. Hace mucho frío. Hay tres autocares estacionados en el aparcamiento. Los alumnos llegan sin cesar, a pie o en coche, y se van agrupando delante de la entrada principal a la espera de que abran las puertas del colegio. Algunos, los más pequeños, se han enzarzado en una batalla de bolas de nieve. Se escuchan risas y gritos de diversión.

Raúl ha traído consigo la botella de coñac. Jorge la coge y echa un trago directamente del gollete.

—Se van a enterar... —dice entre dientes.

Guillermo se siente mareado y aturdido; la cabeza le da vueltas.

—Esto es una locura... —musita.

—Shhhh —sisea Raúl—. Antes de entrar en acción —dice en voz muy baja—, debemos reforzar nuestra determinación. Vamos a entrar en la Historia. No habléis...

Raúl mira a través de la ventanilla en dirección al colegio. Todos los ciervos han muerto; lo único que queda de ellos son sus esqueletos diseminados por la nieve. Salvo el macho. El macho está allí, orgulloso y altivo como un dios pagano, en medio del nevado campo de fútbol, mirándole fijamente.

Exigiéndole un tributo de sangre.

* * *

De no ser porque aquel día era el cumpleaños de Alicia Montes, quizá las cosas hubieran sido diferentes. Pero Alicia cumplía dieciséis años el ocho de enero y por eso, aquella mañana, cuando abrieron las puertas del colegio, Luis la retuvo en la escalera que conducía a la planta superior.

—Espera, Alicia —dijo, ofreciéndole un pequeño paquete atado con una cinta y un lazo—. Toma. Felicidades.

El rostro de Alicia se iluminó con una sonrisa cuando vio el regalo.

—¡Te has acordado!

—¿Cómo voy a olvidarme del cumpleaños de la chica más guapa del mundo?

Alicia desenvolvió el paquete. Dentro había un estuche; lo abrió y sacó de su interior una cadena de la que pendía una pequeña flor de plata.

—Es precioso... ¡Gracias!

Alicia le dio un beso en la comisura de los labios y le tendió el colgante.

—Anda, pónmelo.

Luis se situó a su espalda, le rodeó el cuello con la cadena y enganchó los dos extremos. Alicia se dio la vuelta y volvió a besarle, esta vez directamente en los labios. Creían estar solos, allí, en la planta baja, pero de pronto sonó una voz:

—¡Qué suerte que os encuentro!

Alicia y Luis se apartaron, sobresaltados, y volvieron la cabeza a la vez. Elena Sarmiento, una de las tutoras de Primaria, se aproximaba a toda prisa.

—Tenéis que hacerme un favor, chicos —dijo al llegar a su altura—. Debo ir urgentemente a Administración y he dejado la clase sola. Coged la televisión y el vídeo de la sala de profesores, subidlos al aula de segundo A y esperad allí hasta que yo vuelva. No tardaré ni cinco minutos.

—Pero tenemos que ir a clase... —protestó Luis.

—Decid que os lo he pedido yo —respondió la tutora mientras se alejaba—. Y procurad que los críos no alboroten demasiado.

—Vaya morro... —murmuró Luis.

—Pues a mí me parece muy bien —sonrió Alicia—. Ahora tengo Literatura con el señor Echevarría y no le soporto. Además, así podremos estar juntos un ratito más.

Luis le devolvió la sonrisa.

—Es verdad —dijo.

Y echaron a andar hacia la sala de profesores cogidos de la mano.

Cuando Julián Echevarría entró en el aula, los alumnos dejaron de hablar y sacaron los libros de Literatura. Julián depositó su portafolio sobre la mesa.

—Guardad los libros —dijo—. Hoy no los necesitaremos. Ah, antes de nada quiero desearos a todos un feliz año nuevo.

Los alumnos intercambiaron miradas de desconcierto. Nunca antes habían escuchado una frase amable de aquel profesor.

—Hoy —prosiguió Julián—, voy a hablaros de Miguel Hernández, mi poeta favorito —hizo una pausa—. Miguel Hernández nació en un pueblo de Alicante llamado Orihuela. Era pastor de cabras, un chico humilde que solo pudo ir a la escuela hasta los catorce años. Pero amaba la literatura, la poesía, con tanta intensidad que nunca dejó de leer. Y mientras pastoreaba sus cabras, comenzó a escribir poemas...

Daniel no podía creerse lo que estaba viendo. ¡El señor Echevarría se comportaba como un ser humano! Año nuevo, vida nueva, pensó. Luego, se fijó en que el pupitre de Alicia estaba vacío. Pero la había visto antes en la entrada..., ¿dónde se habría metido?

Se removió en el asiento; estaba un poco nervioso. Seguía teniendo la sensación de que algo iba a ocurrir.

* * *

—Las nueve y dieciocho —dice Raúl—. Vamos allá.

Jorge lanza un grito salvaje. Raúl arranca el Land Rover, cruza el portalón de entrada del colegio y aparca en el ahora solitario estacionamiento. Los tres bajan del vehículo en medio del tintineo de las armas. Raúl le ofrece la botella de coñac a Jorge.

—En la Guerra Civil —dice—, antes de un ataque de la infantería, los soldados bebían una taza de coñac. Lo llamaban el *saltaparapetos*. Bebed, es bueno para el valor.

Jorge da un largo trago y le ofrece la botella a Guillermo, que niega con la cabeza.

—No quiero... —musita; se siente enfermo—. Oye..., basta ya... Esto no está bien...

Raúl coge la botella, sujeta a Guillermo por los hombros y le pone el gollete en la boca, obligándole a beber. Guillermo tose; un par de arcadas consecutivas sacuden su cuerpo. Raúl le abraza.

—No me falles ahora, Guillermo —le susurra al oído—. Lo que vamos a hacer nos unirá para siempre.

Raúl echa a andar hacia la entrada del colegio. Jorge va detrás de él, muy borracho, ciego de violencia; mientras camina, no deja de pensar en su hermano. Guillermo los sigue mansamente, sin voluntad propia, como una hoja arrastrada por el vendaval.

Al ver entrar en el vestíbulo a tres chicos armados, lo único que piensa don Matías, el bedel, es que se trata de una broma, así que sale de su garita y se aproxima a ellos de muy mal humor.

—¿Se puede saber qué...?

No llega a completar la frase. Raúl le apunta con su fusil de asalto y aprieta el gatillo. Una ráfaga de balas impacta contra el cuerpo de don Matías, derribándole. Está muerto antes de alcanzar el suelo. Alguien grita.

La locura ha comenzado. Ya no hay marcha atrás.

Sin dedicarle ni un vistazo al cadáver del bedel, Raúl entra en la garita, abre un cajetín que está adosado a la pared y oprime un botón. Todas las puertas del centro se cierran instantáneamente. Ahora nadie puede entrar ni salir del Anna Frank.

Acto seguido, Raúl dispara contra el cajetín. Ni Jorge ni Guillermo se han dado cuenta, pero al inutilizar los mandos también ellos quedan encerrados. Raúl es consciente de ello, por supuesto; pero es que Raúl sabe que no saldrá vivo del colegio. Y no le importa lo más mínimo.

La puerta que da a Administración se abre y una secretaria, alarmada por el ruido, asoma la cabeza. Entonces, Jorge empieza a disparar, como un loco, lanzando improperios.

—¡Venid, desgraciados! ¡Os voy a matar a todos!

Jorge está fuera de control. Dispara contra todo, sin apuntar, agotando cargador tras cargador. A lo lejos se escuchan gritos. Las puertas de las aulas comienzan a abrirse. Raúl le grita que pare, que ahorre munición, pero Jorge no le escucha. Raúl mira en derredor; ¿dónde está Guillermo? Ha desaparecido. Raúl le llama, pero nadie responde. Consulta su reloj: las nueve y veintitrés. Es tarde; tiene que seguir adelante, aunque sea solo.

Raúl abandona el vestíbulo y echa a andar hacia la escalera que conduce a la planta superior. Un profesor sale de un aula y se cruza en su camino.

—Oye tú, ¿qué está pa...?

Raúl lo quita de en medio con una ráfaga de balas. La sangre del profesor le salpica el rostro, pero el joven no se da cuenta.

Ahora, lo único que importa es encontrar al señor Echevarría.

* * *

—Al acabar la Guerra Civil —decía Julián—, Miguel Hernández fue condenado a muerte, solo por ser republicano. Le conmutaron la pena por cadena perpetua, pero enfermó de tuberculosis y murió en 1942. Durante el tiempo que estuvo en la cárcel, Miguel Hernández siguió escribiendo poesía. Poco antes de morir, recibió una carta de su esposa en la que le decía que ella y su hijo de ocho meses pasaban mucha hambre, pues solo tenían pan y cebolla para comer. Entonces, Miguel Hernández, enfermo y encarcelado, escribió uno de los poemas más conmovedores que jamás se han escrito. Una canción de cuna dedicada al hijo que nunca conoció: las *Nanas de la cebolla*...

Una sucesión de lejanos estampidos le interrumpió. La clase guardó un expectante silencio. De pronto, una nueva serie de detonaciones. Los alumnos comenzaron a cuchichear.

—Guarden silencio, por favor.

Julián abrió la puerta y echó una ojeada al pasillo. Estaba vacío, aunque las puertas de las demás aulas comenzaban a abrirse y otros profesores salían al corredor con el rostro perplejo. De repente, los estampidos se multiplicaron hasta convertirse en una especie de traca.

Aquellas detonaciones parecían... ¿disparos?

—Voy a ver qué pasa —les dijo Julián a sus alumnos—. No os mováis de aquí.

Salió de clase, cerró la puerta y echó a andar hacia la entrada principal. Sin darse apenas cuenta de lo que hacía, Julián se encaminó por el pasillo de la derecha. Fue un acto fortuito y un poco ilógico, pues ese era el camino más largo. Si hubiese tomado el corredor de la izquierda, la ruta más corta hacia la entrada principal, se habría encontrado frente a frente con Raúl Jordán.

Tuvo suerte.

Montse Gamaz no estaba en su despacho cuando el terror se desató. Además de ser la directora del colegio, era profesora de Matemáticas, así que esa mañana, a primera hora, se hallaba en el otro extremo del edificio, en el aula de tercero B, escribiendo una ecuación de segundo grado en la pizarra.

Entonces, de repente, comenzó a oírse un lejano estruendo. Montse dejó la tiza sobre la mesa, les ordenó a los alumnos que no se movieran de la clase y se dirigió al vestíbulo para indagar la causa de aquel escándalo.

Siempre tenía que pasar algo el primer día de clase, pensó con desánimo.

—¿Y ese ruido? —le dijo Luis a Alicia.

La muchacha se encogió de hombros. Acababan de enchufar el vídeo y la televisión justo cuando el estruendo se había desatado.

—Parecen disparos... —comentó el joven.

En el aula había treinta niños de entre siete y ocho años de edad. Uno de ellos, al oír lo que había dicho Luis, se echó a llorar.

—Shhhh, los estás asustando —susurró Alicia; luego, se volvió hacia los niños y les dijo con una sonrisa—: No pasa nada, no os preocupéis.

—Pero es verdad —dijo una niña—. Son tiros.

Una sucesión de detonaciones resonó a lo lejos. Los niños empezaron a llorar, gritar y hablar, todos a la vez.

—Voy a ver qué pasa —dijo Luis.

—No —le contuvo Alicia—. Quédate, por favor. Están muy asustados...

Era cierto; los alumnos de segundo de Primaria A tenían cada vez más miedo.

Eso solo era el principio.

Apenas cuatro minutos después de que Raúl y Jorge desencadenaran el infierno en el Anna Frank, la noticia de que personas armadas habían entrado en el colegio y estaban disparando contra la gente se extendió por toda la planta baja.

Fue un caos. Ignorando los desesperados intentos de los profesores por poner orden, los estudiantes abandonaron las aulas en tropel. Carreras, gritos, confusión. Algunos intentaron salir del centro por las puertas traseras, pero descubrieron que estaban bloqueadas.

Otros se dirigieron al vestíbulo principal, donde para su desgracia los esperaba un francotirador enloquecido.

* * *

Jorge ha perdido por completo el control. Está en el centro del vestíbulo, empuñando su *Kalashnikov*, disparando contra todo. De vez en cuando percibe de soslayo un movimiento fugaz, alguien que corre a guarecerse, aunque lo cierto es que no hay nadie contra quien disparar; el vestíbulo se halla desierto —salvo por el cadáver del pobre don Matías—. Pero no importa; Jorge dispara una y otra vez, contra las paredes, contra las puertas, contra el aire. Los cargadores vacíos yacen a sus pies.

De pronto, su fusil de asalto hace «clic» en vez de disparar. Jorge busca otro cargador, pero no lo encuentra. Se le ha acabado la munición. Entonces, empuña la pistola *Browning* que lleva al cinto. Podría haber cogido la ametralladora que cuelga de su hombro, pero Jorge está tan borracho de alcohol y de odio que se ha olvidado por completo de ella.

—¡Venid! —grita.

Y dispara al vacío con su pistola.

* * *

No todo fue confusión y caos en el Anna Frank aquella mañana. Un grupo de profesores, encabezados por Jacobo Arellano, el monitor de gimnasia, se unieron para intentar detener al agresor (en aquel momento todavía ignoraban que eran dos los francotiradores). Sin embargo, poco podían hacer contra alguien armado hasta los dientes que disparaba contra todo lo que se movía, de modo que permanecieron al acecho cerca del vestíbulo, aguardando el momento adecuado para intervenir.

Entre los escasos profesores que tuvieron la sangre fría necesaria para intentar detener el desastre se encontraba Julián Echevarría.

Todos hablaban entre sí, cada vez más inquietos. «Parecen petardos», decían algunos, intentando encontrar una explicación sensata al estruendo que se oía a lo lejos. Hacía más de dos minutos que el señor Echevarría se había ido y el jaleo, lejos de amainar, era cada vez mayor.

—Seguro que es una broma —dijo alguien con

una sonrisa despreocupada—. Como lo de la bomba de humo. Me apuesto lo que sea a que es cosa del mismo tío...

Pero Daniel Castro, sentado en su pupitre con el rostro ensombrecido, sabía muy bien que no era así.

Entonces, súbitamente, la puerta se abrió y Raúl Jordán entró en el aula. Llevaba un enorme fusil en las manos y tenía el rostro manchado de sangre, pero lo más terrible era su mirada, una mirada que había perdido todo rastro de humanidad. Nadie dijo nada, todos se quedaron con la boca abierta, contemplando al recién llegado como si fuera una aparición.

—¿Dónde está el señor Echevarría? —preguntó Raúl.

Nadie respondió.

Raúl alzó el cañón de su arma y apuntó hacia la clase.

—¿Dónde está el señor Echevarría? —volvió a decir.

Una chica gritó. Daniel se puso en pie.

—Ha salido de clase —dijo—. Hará un par de minutos.

—¿Adónde ha ido?

—No lo sé. Creo que iba a ver qué pasaba.

Raúl asintió levemente con la cabeza.

—Gracias, Bichorraro —dijo—. Por cierto, tenías razón; hablé con el Ciervo Rojo y averigüé quién era. Ya no volverá a matarme —se encaró con el resto de los alumnos y agregó—: Si veis al señor Echevarría, decidle que lo estoy buscando.

Raúl salió del aula. Durante unos segundos, nadie

se movió, ni respiró tan siquiera. Estaban petrificados. Daniel fue el primero en reaccionar; saltó del pupitre y abandonó la clase a la carrera un segundo antes de que el resto de sus compañeros hiciera lo mismo.

Tenía que encontrar al señor Echevarría antes de que Raúl diera con él.

Cuando Montse Gamaz estaba a punto de llegar al vestíbulo principal, se encontró a Trinidad López, la profesora de Música, llorando detrás de unos archivadores.

—¡Están disparando contra la gente! —balbuceó la profesora entre hipidos—. Han matado a don Matías...

—Pero ¿qué dices, Trini?

—Hay muchos heridos y las puertas están cerradas... ¡No podemos salir!

Montse la sujetó por los hombros.

—¿Quién, Trini? ¿Quién está disparando?

La profesora tragó saliva e intentó controlar sus nervios.

—No lo sé... —musitó—. Un alumno, creo...

Montse arqueó las cejas; aquello era demasiado para comenzar el segundo trimestre.

—¿Pretendes decirme que un alumno está disparando contra la gente? ¿Aquí, en el Anna Frank?

—Sí...

La directora sacudió la cabeza y echó a andar con paso decidido hacia el vestíbulo.

—Pero, bueno —musitó de mal humor—, ¿es que nos estamos volviendo todos locos en este colegio o qué?

—¡No vayas, Montse! —le gritó la profesora—. ¡Te matará!

Pero Montse Gamaz no le hizo caso. Cuando sentía la llamada del deber, nada ni nadie podía interponerse en su camino.

* * *

Todo va mal. Raúl es consciente de que sus planes se han torcido. Si Jorge no hubiera organizado aquel escándalo tan pronto, si hubiese reservado la munición como un buen soldado, él habría sorprendido al señor Echevarría en su guarida, en el aula. Pero los disparos de Jorge lo han ahuyentado y, ahora, ¿dónde puede estar? Para colmo de males, se encuentra solo, sin cobertura; Guillermo ha desaparecido.

Raúl deambula por los pasillos. Hay carreras a su alrededor, gritos, confusión; la gente, cuando le ve —cuando ve su arma—, da media vuelta y se aleja despavorida. Raúl no se molesta en dispararlos. Un cazador de leones no se rebaja a disparar contra ardillas.

Consulta su reloj; las nueve y veintisiete. La policía no tardará en llegar. Sigue caminando pasillo adelante; quizá un golpe de suerte le permita encontrar al señor Echevarría, pero no confía mucho en ello. El edificio es muy grande y el final se acerca. Entonces, al pasar por delante de una de las aulas, Raúl se detiene. De reojo, ha advertido que dentro de la clase se encuentran Alicia y Luis.

—Mira a quién tenemos aquí... —murmura.

Y una idea germina en su mente. Sin perder un instante, entra en el aula. Algunos niños gritan al verle. Alicia da un paso atrás. Luis, con el ceño fruncido, avanza hacia él.

—¡Raúl!... Pero ¿qué...?

Raúl alza su arma y efectúa un disparo contra el techo. Fragmentos de yeso caen al suelo como una súbita nevada; la estancia se llena de un humo acre. Luis retrocede, asustado. Los niños gritan y echan a correr hacia el otro extremo del aula.

—¡Silencio! —ordena Raúl.

Salvo por algún que otro llanto incontenible, los niños enmudecen.

Jorge da un respingo cuando oye una voz a su espalda.

—¡Jorge Santos! ¡¿Se puede saber qué estás haciendo?!

El muchacho da la vuelta en redondo y encañona con su pistola a quien ha hablado, dispuesto a eliminarlo de un disparo. Pero no llega a apretar el gatillo.

Montse Gamaz ha aparecido por la puerta que da acceso a la zona de oficinas y ahora está frente a él, mirándole con severidad.

La directora del colegio. La máxima autoridad.

De pronto, Montse ve el cadáver del bedel y palidece.

—¿Has sido tú? —pregunta, señalando el cuerpo.

Como un crío acusado de una falta que no ha cometido, Jorge está a punto de decir que no ha hecho nada, que ha sido Raúl.

—¿Pero es que te has vuelto loco? —prosigue la directora, echando a andar hacia él—. Vamos, deja de apuntarme.

Sin bajar el arma, Jorge retrocede un paso.

—Quieta —dice—. No se acerque...

Montse sigue aproximándose.

—¿No has oído lo que he dicho? Baja esa pistola ahora mismo.

Jorge retrocede otro paso, cierra los ojos y dispara.

El proyectil impacta contra la directora arrojándola hacia atrás bruscamente, pero la mujer no cae. Sostenida por una inquebrantable fuerza de voluntad, Montse se mantiene en pie, contempla con incredulidad la rosa de sangre que está floreciendo sobre su blusa, a la altura de la clavícula, y fulmina con la mirada a Jorge.

—Mira lo que has hecho... —dice, indignada—. ¡Tira ahora mismo esa pistola!

El muchacho intenta disparar de nuevo, pero, de pronto, la rabia que hasta ahora le ha poseído se transforma en un inmenso cansancio. Es como si un fusible hubiera saltado dentro de él, desconectando la mayor parte de sus funciones cerebrales. Lentamente, agacha la cabeza, baja los brazos y deja caer la *Browning* al suelo.

Súbitamente, el grupo de profesores que se había

movilizado entra a la carrera en el vestíbulo; sujetan al muchacho y le desarman. Jorge no opone resistencia. Parece un títere con los hilos cortados. Julián Echevarría se aproxima a la directora y le pregunta:

—¿Estás bien, Montse?...

—Perfectamente —responde ella.

A continuación, pone los ojos en blanco y se derrumba como un árbol talado.

Los niños se aprietan unos contra otros, como si la mutua proximidad pudiera brindarles alguna protección ante aquel horrible joven armado. Varios están llorando, pero la mayor parte de ellos se limita a mirarle con terror.

—¿A qué viene esto, Raúl?... —pregunta Luis, demudado.

—Todo ha salido mal —dice Raúl en voz baja—. No he podido alcanzar mi objetivo. Pero la misión todavía no ha fracasado. Eres un buen camarada, Luis; a ti no voy a hacerte nada. Vas a salir de aquí y vas a buscar al señor Echevarría.

—Alicia se viene conmigo...

—Ni hablar. Se queda. Alguien tiene que cuidar de los niños.

—Vale, pues me quedo yo y ella va a buscar al señor Echevarría.

Raúl niega con la cabeza.

—Buscarás tú al señor Echevarría y le dirás que estoy aquí, esperándole. Dile que si no aparece antes de cinco minutos, mataré a un niño y que seguiré eliminando rehenes, uno por cada minuto que se retrase. Ve y díselo.

En un gesto protector, Luis rodea con un brazo los hombros de Alicia.

—Si ella se queda, yo me quedo.

Como si fuera un gesto casual, Raúl encañona a los niños.

—¿Quieres que empiece ya a disparar?

Un clamor de llantos y gritos se eleva en el aula.

—¡Por Dios, haz lo que dice! —exclama Alicia—. Vete, no me pasará nada...

—Claro, no le pasará nada. Vamos, obedece.

Luis titubea y, finalmente, echa a andar hacia la puerta; antes de cruzarla, se vuelve hacia Raúl y le advierte:

—Si le haces algo a Alicia, te acordarás de mí.

—Ya lo sé —contesta Raúl. Pone en marcha el cronómetro de su reloj y añade—: Date prisa. El tiempo corre.

Tras dirigir una última mirada a Alicia, Luis abandona el aula a toda prisa. La muchacha intenta en vano calmar a los niños.

—Raúl, deja que se vayan, por favor... —dice.

—¿Qué?

—Los niños están muy asustados. Yo me quedaré, pero deja que ellos se vayan.

—No. Se quedan.

—¡Son niños pequeños!

Raúl sacude la cabeza.

—No son niños —dice—. Son bajas civiles. Se producen en todas las guerras, es inevitable.

—Pero ahora no hay ninguna guerra...

—Sí que la hay —murmura Raúl con una expresión extraviada en el rostro—. Sí que la hay...

* * *

El vestíbulo era un caos. Cuando corrió la noticia de que el francotirador había sido reducido, todo el mundo se dirigió a la entrada principal. Los profesores y los muchachos mayores intentaban imponer algo de orden en aquella riada humana, pero la confusión era total; y más aún cuando se descubrió que los mandos del cierre centralizado de puertas estaban destrozados. Nadie podía entrar, nadie podía salir.

José María Robles, el jefe de estudios, preguntó a gritos si alguien había avisado a la policía. Sí, muchos lo habían hecho a través de sus teléfonos móviles. La policía estaba en camino. Sin embargo, no podían esperar; había muchos heridos...

Entonces comenzó a correrse la voz de que un segundo tirador se encontraba en la planta superior y la alarma se desató de nuevo en el vestíbulo. Todo el mundo quería salir de allí cuanto antes. Pero estaban encerrados.

Daniel Castro, avanzando a duras penas por entre el tumulto, se aproximó a Julián.

—¡Señor Echevarría! —gritó—. ¡Tengo que decirle algo importante!

—Ahora no, Daniel...

—¡Sé cómo salir de aquí! —insistió el muchacho,

haciendo bocina con las manos—. ¡Tenemos que hacer humo!

—¿Qué dices?

—¡Humo! —gritó Daniel—. ¡Para activar el sistema antiincendios!

—¿Por qué?

—¡Cuando se activa la alarma de incendios las puertas se desbloquean automáticamente!

Julián dudó apenas un segundo, justo lo que tardó en llenar de aire los pulmones y comenzar a pedir a gritos papeles y un mechero. La gente hizo un corro a su alrededor, Julián le prendió fuego a un ejemplar de la revista del colegio y aproximó las llamas a uno de los sensores que había en el techo.

De pronto, una sirena se puso a sonar y los aspersores entraron en funcionamiento, convirtiendo el interior del Anna Frank en el escenario de una inesperada tormenta tropical. Y lo más importante de todo: con un sonoro chasquido, las puertas se abrieron.

Todos intentaron ser los primeros en salir. Empujones, atropellos, codazos; algunos cayeron por las escaleras que conducían al patio, otros fueron pisoteados por los demás. Hubo más heridos en la evacuación del colegio que durante el tiroteo.

Finalmente, solo un grupo de profesores se quedó en el interior para trasladar a los heridos. Julián se aproximó a Daniel y le puso una mano en el hombro.

—Bien hecho —le dijo con una cansada sonrisa—. Y ahora sal fuera. Aquí todavía hay peligro...

—¡Señor Echevarría!

Julián y Daniel volvieron la cabeza y vieron a Luis aproximándose a la carrera.

—¡Por fin le encuentro! —jadeó el muchacho—. ¡Raúl está arriba, tiene un arma y va a matarlos a todos!...

—Cálmate, muchacho. ¿Qué estás diciendo?

Luis tragó saliva y respiró hondo varias veces.

—Raúl Jordán está en el aula de segundo de Primaria A. Tiene como rehenes a Alicia Montes y a los chavales de la clase. Ha dicho que le está buscando a usted, señor Echevarría, y que si no aparece dentro de cinco minutos, empezará a matar niños... ¡Y ya casi han pasado los cinco minutos!

Julián se quedó inmóvil, pensativo. El agua de los aspersores le chorreaba por la cara y los ojos, pero ni siquiera se daba cuenta. De pronto, como si hubiera tomado una repentina decisión, se apartó de los dos muchachos, fue en busca de Jacobo, el monitor de gimnasia, y le preguntó dónde estaban las armas que le había quitado a Jorge.

—En el despacho de la directora. ¿Por qué?...

Sin responderle, Julián se dirigió al despacho y examinó las armas. El fusil no tenía munición y a la pistola solo le quedaba una bala. Sin embargo, la ametralladora *Schmeisser* tenía el cargador lleno. Julián la cogió y regresó al vestíbulo. Al pasar por delante de Luis y Daniel, este último le preguntó:

—¿Qué va a hacer, señor Echevarría?

—Acabar con esto de una puñetera vez —dijo sin detenerse.

—¡Pero usted nunca ha disparado un arma! —protestó Daniel.

—Tranquilo —repuso Julián, dirigiéndose hacia las escaleras que llevaban a la planta de arriba—, voy a hacer un cursillo rápido. Vosotros salid de aquí.

Cuando desapareció de su vista, Luis y Daniel intercambiaron una mirada, pero no dijeron nada. Luis bajó la cabeza y echó a andar hacia la salida. Daniel se pasó el dorso de la mano por los ojos y retrocedió hasta que su espalda chocó contra la pared. El agua caía sobre el vestíbulo formando charcos en el suelo. Los profesores estaban acabando de desalojar a los últimos heridos. Fuera, en el patio y en la calle, los alumnos formaban grupos o deambulaban con aire aturdido, como si todavía no fueran capaces de asimilar lo ocurrido. A lo lejos, comenzaron a oírse las sirenas de los vehículos policiales.

—Demasiado tarde... —musitó Daniel.

Entonces escuchó algo más; un gemido, un débil lamento que provenía de su izquierda, del interior de una sala de reuniones. Daniel entró en ella, miró a un lado, miró a otro..., y lo vio. Estaba allí, en un rincón, tirado en el suelo. Se había vomitado encima y tenía los ojos empapados de lágrimas.

—¿Guillermo? —musitó Daniel—. ¿Guillermo Rivera?

Guillermo se apartó arrastrándose por el suelo, pegado a la pared, como si quisiera fundirse con ella.

—Vete... —gimió—. Yo no he hecho nada...

Daniel dio un paso adelante.

—Vale, tranquilo. ¿Qué ha pasado?

—No he disparado contra nadie..., de verdad..., no he disparado...

Daniel alzó una ceja.

—¿Venías con Raúl y con Jorge?

—Sí, pero no he hecho nada... —insistió Guillermo—. Fueron ellos... Se volvieron locos y empezaron a disparar contra todo el mundo... Y yo me asusté y... y me escondí aquí...

—Muy bien —sonrió Daniel, aproximándose a él—. Hiciste lo que debías hacer.

—No he disparado contra nadie... —lloriqueó el muchacho, algo más calmado—. Lo juro...

—Pero has venido armado, ¿no?

—Sí..., yo no quería..., me dio las armas Raúl y...

—¿Dónde están?

—¿Qué?...

—Las armas que traías; ¿dónde están?

Guillermo hizo un gesto de desvalimiento.

—No lo sé... Las tiré... No sé dónde están...

—¿No tienes ningún arma?

Guillermo negó con la cabeza. De pronto, abrió mucho los ojos, como si hubiera recordado algo, se llevó la mano al bolsillo de la cazadora y sacó una pistola cogiéndola entre dos dedos, con asco, como si fuera el cadáver de una rata.

—Tengo esto... —dijo con un hilo de voz.

Daniel tomó el arma y la sopesó en una mano.

—¿Está cargada? —preguntó.

—Sí...

—Vale. Tú espérame aquí y no te muevas —Daniel echó a andar hacia el vestíbulo—. Vuelvo enseguida.

—Oye...

Daniel se detuvo.

—¿Qué?

—Si... si piensas utilizar la pistola..., quítale el seguro...

—¿Cómo lo hago?

—Mueve esa palanquita de ahí...

Daniel hizo lo que le decía el muchacho.

—Gracias, Guillermo —dijo—. Volveré enseguida.

Y abandonó la sala de reuniones a la carrera.

* * *

Cuando el agua comienza a brotar por los aspersores del sistema antiincendios, los niños vuelven a gritar, aunque luego se calman un poco; algunos incluso ríen, como si aquella lluvia interior fuera una especie de juego. Alicia está muy asustada, más de lo que nunca en su vida ha estado, pero intenta no demostrarlo y habla con los niños, les cuenta historias, chistes, intenta que se sosieguen.

A Raúl, en el extravío de su mente, el agua se le antoja una especie de señal divina. Así concibe el holocausto: fuego y agua, principios opuestos enfrentados en eterna lucha. Él, Raúl Jordán, trae consigo el fuego, pero ¿quién será el ángel portador del agua?

Hace rato que no se escucha ningún disparo. Raúl

sabe lo que eso significa: Jorge ha sido capturado. Después de la deserción de Guillermo, ya solo queda él. No importa; sabrá estar a la altura de las circunstancias. Consulta su reloj. Han transcurrido cinco minutos y medio desde que Luis se fue. Es el momento de cumplir sus amenazas. Empuña el arma.

—El plazo ha pasado —dice.

Alicia tiene la boca seca. Intenta no llorar, ni temblar; intenta mantenerse firme. Aquellos pobres críos solo la tienen a ella; aunque eso, piensa, es casi como no tener nada.

—¿Por qué haces esto, Raúl? —pregunta.

—Por muchos motivos. Entre otros, porque tú me rechazaste.

—Pero..., pero eso es absurdo...

—Todo es absurdo.

Raúl cambia el fusil a la modalidad de tiro a tiro, lo apoya en el hombro y apunta hacia los niños, que gritan despavoridos. ¿A cuál elegirá? Da lo mismo, cualquiera de ellos vale. Por ejemplo, esa niña de las coletas...

Alicia se interpone entre él y la diana elegida.

—¡No! —grita.

—Apártate.

—¡Te lo ruego! —suplica la muchacha, sin quitarse de en medio—. ¡No les hagas daño, por favor!...

—Como quieras —dice Raúl—; puedo disparar a través de ti...

Contiene el aliento, su dedo se tensa sobre el gatillo.

Entonces, en ese preciso instante, aparece Julián.

No tiene ni idea de cómo debe actuar, así que imita a los detectives de película y entra en el aula como una tromba, dando voces y con la ametralladora por delante.

—¡Tira el arma! —ordena—. ¡Vamos, tírala!

Raúl vuelve la cabeza. Una inmensa sonrisa se forma en sus labios.

—Señor Echevarría —dice Raúl; parece feliz—. Ya pensaba que no vendría. Le estaba buscando.

—Pues aquí estoy. Tira el arma.

—¿Y si no lo hago?

—Te dispararé.

—Comprendo —Raúl está totalmente tranquilo, como si fuese él quien dominara la situación—. Pero si usted me dispara —señala—, yo apretaré el gatillo y muchos de estos niños morirán. ¿Ha pensado en ello, señor Echevarría?

No, Julián no lo ha pensado. Un clamor de sirenas comienza a oírse a lo lejos; quizá el profesor pueda aguantar ahí, apuntando a Raúl, hasta que llegue la policía...

—Pero da igual —prosigue Raúl—, no voy a utilizar a unos niños para defenderme. ¿Sabe?, esa ametralladora que lleva era de mi padre. Es una *Schmeisser MP18*. Se llama así por su inventor, Hugo Schmeisser, aunque su verdadero nombre es subfusil *Bergmann Kugelspritz*, que significa «rociador de balas». Un arma excelente. ¿Sabe utilizarla, señor Echevarría?

—Sé apretar un gatillo. Tira el arma, Raúl.

—No basta con apretar un gatillo —responde el

joven—. Le diré lo que voy a hacer: volveré mi M-16 muy despacio hacia usted y, cuando le tenga encañonado, le mataré.

Lentamente, comienza a girar el fusil.

—¡Quieto! —grita Julián—. ¡Te dispararé!

—Hágalo —sonríe Raúl.

El cañón del arma describe un pausado arco en dirección al profesor. Cuando está a punto de encañonarle, Julián encaja los dientes y aprieta el gatillo.

Y no sucede nada.

Julián se queda con la boca abierta. Raúl profiere una risa gélida.

—Tiene el seguro puesto —dice.

Y dispara.

El proyectil impacta contra el pecho de Julián y lo derriba al suelo. La mayor parte de los niños chilla de terror; otros están demasiado asustados para hacerlo. Alicia retrocede un paso y se lleva una mano a la boca para contener un grito.

Las sirenas de los vehículos policiales suenan cada vez más próximas.

—Objetivo cumplido —dice Raúl, sintiéndose inmensamente feliz—. Ahora ha llegado el final, el último sacrificio —mueve una palanca del fusil, pasando a la modalidad de ráfaga—. ¡El momento de la sangre! —concluye, dispuesto a iniciar la matanza.

—Basta ya, Raúl —dice alguien—. Todo ha acabado.

Es Daniel Castro.

Está apuntando a Raúl con una pistola automática *Beretta*.

* * *

Daniel miraba alternativamente a Raúl y a Julián, que yacía en el suelo. ¿Estaba muerto? No; por el rabillo del ojo, Daniel advirtió que se movía un poco.

—Bichorraro... —dijo Raúl, sonriente—. ¿Qué haces aquí? Esa pistola parece más grande que tú.

Daniel se humedeció los labios con la lengua.

—También ese fusil tuyo es muy grande. Debe de pesar mucho; ¿por qué no lo sueltas?

—Vete, Bichorraro. No quiero hacerte daño; tú me ayudaste.

—Y sigo ayudándote. Estás enfermo, Raúl. No te das cuenta, pero has perdido la razón. Suelta el arma, por favor, y acaba con esto de una vez.

—Y si no, ¿me dispararás?

Daniel encañonó a Raúl sujetando la *Beretta* con las dos manos. La apretó con fuerza.

—No quiero hacerlo, pero depende de ti.

—¿Has disparado alguna vez contra alguien?

—No, pero he jugado mucho al *Doom* en el ordenador...

Raúl se echó a reír.

—Tienes sentido del humor, Bichorraro —dijo—. Me caes bien...

Súbitamente, como un relámpago, Raúl volvió su arma contra Daniel.

Y Daniel disparó. El retroceso le arrancó de las manos el arma, que rebotó contra el suelo. Cerró los ojos. Volvió a abrirlos. Y vio a Raúl desplomándose inconsciente, con una herida en el lado derecho del cráneo.

Durante un instante, salvo por el agua que brotaba de los aspersores, nada ni nadie se movió, como la imagen suspendida de un vídeo puesto en pausa.

De repente, los niños gritaron y salieron a la carrera del aula. Alicia se quedó de pie, demudada, mirando con aprensión el cuerpo yacente de Raúl, como si no acabara de creerse que la pesadilla había acabado. Daniel se aproximó a Julián y se arrodilló a su lado. El hombre tenía el pecho empapado de sangre.

—¿Cómo está, profesor?...

Julián, con los ojos abiertos, balbuceó algo ininteligible. Daniel bajó la cabeza para oír mejor.

—¿Qué?...

—Me..., me acaban de pegar... un tiro... —musitó Julián—. ¿Cómo... cómo quieres... que esté?...

—No hable, señor Echevarría. Guarde las fuerzas; enseguida vendrá un médico...

Los vehículos policiales ya habían llegado al colegio. El clamor de las sirenas sonaba atronador.

—Lo..., lo has conseguido... —dijo Julián, esbozando una insegura sonrisa.

—¿Qué?

—Ya eres... un superhéroe...

Daniel parpadeó varias veces para contener las lágrimas.

—Y usted también, señor Echevarría... Usted también...

Julián tosió. Un hilo de sangre brotó de entre sus labios.

—Tengo frío... —murmuró—. Y sueño...

—¡No, no, no! —exclamó Daniel—. ¡No se duerma, señor Echevarría, por favor! ¡Yo soy Mr. Cristal y usted, el Profesor Furia! ¡Los superhéroes no mueren! ¡Usted no puede morir!

Julián sonrió y agitó levemente la cabeza.

—Pero qué... qué raro eres... —dijo con voz muy débil.

Luego, cerró los ojos y, poco a poco, como una llama que se extingue, murió.

* * *

(Enter)> Mr_Cristal

Arbuckle> hola, cris

Papaya> Buenas noches, Mr Cristal :)

Pink> hola-hola

Mr_Cristal> Hola a todos

Arbuckle> cómo estás, viejo chocho?

Mr_Cristal> Bien

Pink> hablábamos de lo que ha pasado. ¿Has oído las noticias, cris?

Mr_Cristal> No. ¿Qué ha pasado?

Papaya> Es horrible

Pink> ha habido un tiroteo en un colegio de Madrid. Han muerto tres personas y de milagro no han sido más. Hay no sé cuántos heridos. Y luego están los padres del francotirador...

Mr_Cristal> Ya lo sé. Yo estudio en ese colegio

Arbuckle> qué dices, cris?

Mr_Cristal> Tengo algo que confesaros. No soy quien creéis. No soy un viejo jubilado. Me llamo Daniel y acabo de cumplir quince años

Pink> venga, cris, déjate de bromas

Mr_Cristal> No es ninguna broma. Me llamo Daniel, tengo quince años y voy al colegio Anna Frank

Arbuckle> eso es absurdo

Mr_Cristal> Es la verdad

Arbuckle> mira, no sé quién eres, vale, pero te garantizo que no tienes quince años. Eres demasiado inteligente, culto y maduro, así que déjate de chorradas

Mr_Cristal> Os guste o no, soy un crío de quince años

Papaya> Me estás asustando, Mr Cristal :(

Mr_Cristal> Lo siento...

Papaya> ¿Qué te pasa, Mr Cristal?

Mr_Cristal> Me encuentro mal, estoy hecho polvo

Arbuckle> venga, suéltalo viejo jamelgo. Qué sucede?

Mr_Cristal> Mi amigo, el Profesor Furia, es una de las personas que han muerto en el tiroteo de ese colegio

Papaya> ¡Dios mío, es terrible!

Arbuckle> qué putada...

Pink> cuánto lo siento, cris

Mr_Cristal> Yo también lo siento, lo siento muchísimo. Y ni siquiera sé por qué lo siento

tanto. Perdonadme, pero no puedo seguir
hablando. Adiós :)
(Exit)> Mr_Cristal

* * *

Cuando Julián Echevarría abandonó su ciudad natal, le dijo a su hermana que si le pasaba algo, si por cualquier razón moría, no deseaba que le enterraran en Pamplona. «Que me entierren, que me quemen, lo que sea, pero allí donde esté», dijo. Cuando se marchó del lugar donde falleció su hijo, fue para no volver jamás, ni siquiera muerto. Puede que más adelante, en los últimos tiempos, hubiera cambiado de idea; pero si fue así, a nadie se lo dijo, de modo que la familia, acatando sus deseos, celebró el sepelio en un cementerio de Madrid.

Acudió mucha gente al entierro, infinitamente más de lo que cabía esperar tratándose de un hombre tan huraño y poco sociable. Asistieron todos los profesores del colegio o, cuando menos, aquellos que no resultaron heridos en el tiroteo. Montse Gamaz, convaleciente en un hospital, envió una hermosa corona de camelias rosadas, pues esa flor, según un librito que ella tenía, simboliza la grandeza de alma. También acudieron a la ceremonia muchos padres y muchos alumnos (incluso aquellos que, cuando estaba vivo, le odiaban). Y vinieron decenas de periodistas, y el alcalde, y algún que otro político local.

Julián Echevarría era el principal protagonista de lo que la prensa acabó denominando «el sangriento incidente del Anna Frank». Era el hombre que, a costa de su propia vida, había salvado a muchos niños al abatir a un francotirador enloquecido.

Era un héroe.

El entierro tuvo lugar tres días después del tiroteo, a media tarde. No duró mucho. El cielo estaba encapotado y hacía frío. Un sacerdote pronunció unas conmovedoras palabras. Los padres y los hermanos de Julián lloraron. Algunos profesores y alumnos también. Clara, su exmujer, con los ojos cubiertos por unas gafas oscuras, se mantenía apartada, preguntándose si acaso ella podría haber hecho algo para impedir que aquello pasase.

Después del responso, introdujeron el féretro en la fosa. Uno a uno, los asistentes arrojaron un puñado de tierra sobre el ataúd. Luego, pausadamente, la gente se fue marchando, hasta que solo quedaron dos sepultureros que, pala en mano, comenzaron a rellenar la fosa. Al terminar su tarea, antes de poner la lápida sobre el sepulcro, decidieron ir a tomarse una cervecita en un bar cercano.

Entonces, cuando se perdieron de vista, una figura surgió de detrás de un cercano mausoleo. Era Daniel Castro. El muchacho se aproximó a la tumba de Julián y se sentó en la losa que descansaba al lado. De un bolsillo del chaquetón sacó una petaca llena de whisky.

—Hola, Profesor —dijo—. Por fin lo ha conseguido, ¿eh? Se sentía culpable por la muerte de su hijo y ya está, ya ha logrado expiar su pecado. Ahora descansa en paz y todas esas bobadas, ¿verdad? —se encogió de hombros—. Bueno, si es lo que quería, felicidades. Al menos, siempre le quedará la compañía de las moscas, ¿se acuerda? Ah, pero no piense ni por un momento que porque usted esté muerto el Profesor Furia también lo va a estar. No, el Profesor Furia se encuentra en plena forma, listo para combatir a los villanos —Daniel hizo una pausa y destapó la petaca—. Bueno, Profesor, ¿recuerda que la última vez que estuve en su casa me ofreció un whisky y yo le dije que no? Pues ahora se lo voy a aceptar. Una copa para usted... —derramó un chorro de alcohol sobre la tumba—, y un traguito para mí...

Daniel dio un sorbo, arrugó la nariz y se echó a toser.

—¿Vas a emborracharte, Daniel? —dijo una voz a su espalda.

Sobresaltado, el muchacho volvió la cabeza.

—¡Alicia! ¿Qué haces aquí?...

La muchacha se sentó sobre la losa, a su lado.

—He venido al entierro y he visto que estabas ocultándote. ¿Por qué?

—No me apetecía estar con nadie.

—Ya... —Alicia señaló la petaca—. ¿Qué es eso?

—Whisky.

—¿Te gusta?

—La verdad es que no. Está asqueroso. ¿Por qué te has quedado? Todo el mundo se ha ido...

—Quería hablar contigo.

—¿De qué?

—De muchas cosas. Todavía no te he dado las gracias por salvarme la vida.

—Bah, no importa...

—No te importará a ti, pero cuando te vi entrar con esa pistola... En fin, fue como si hubiera aparecido un ángel. Gracias.

—Olvídalo.

—Lo que no entiendo —prosiguió Alicia— es por qué le has dicho a todo el mundo que fue el señor Echevarría quien disparó contra Raúl.

—Porque el verdadero héroe fue él —contestó Daniel—, y porque yo no quiero ser famoso por haber disparado contra nadie. De todas formas, creo que tú le dijiste a la policía lo mismo que yo...

—Corroboré tu versión, como dicen en las películas. Si querías que la gente creyera eso, yo no iba a llevarte la contraria. Por lo menos, no después de lo que hiciste por mí.

—Gracias; mejor que las cosas queden así.

—Hay algo más que me tiene intrigada...

—¿El qué?

—Tú eres Mr. Cristal.

Daniel se sonrojó y apartó la mirada.

—¿Cómo lo has sabido? —preguntó.

—Se lo dijiste al señor Echevarría, cuando estaba a punto de morir.

Daniel dejó escapar un suspiro.

—Vaya..., así que me has pillado.

Alicia puso cara de perplejidad.

—Llevas años haciéndome favores en secreto —dijo—. ¿Por qué?

Daniel tardó unos segundos en contestar.

—Porque eres preciosa —murmuró, rojo como un

tomate—, y porque cada mañana, cuando te veo en el colegio, me alegras el corazón.

Alicia alzó una ceja.

—Eso es una cursilada —dijo—. Una cursilada preciosa, pero una cursilada.

Daniel estuvo a punto de decir que el amor siempre es cursi, pero decidió callarse. De pronto, empezaron a caer copos de nieve, muy ligeros, como una lluvia de algodón.

—Nos vamos a helar —dijo Alicia—. Yo ya tengo el trasero congelado. ¿De verdad piensas emborracharte con whisky? Te va a sentar fatal. ¿Por qué no nos tomamos unas cervezas?

—¿Y Luis?

—En su casa, supongo —Alicia bajó la mirada—. Ya no salimos juntos. Lo hemos dejado esta mañana.

—¿Y eso?

—No sé. Supongo que después de lo que pasó en el colegio... Es difícil de explicar, ¿verdad? Pero todo ha cambiado.

Se pusieron en pie. Antes de irse, Daniel vació la petaca sobre la tumba de Julián.

—Adiós, Profesor... —se despidió en voz baja.

Alicia y Daniel echaron a andar hacia la salida del cementerio, recorriendo las veredas jalonadas de lápidas. De repente, la muchacha se detuvo y se quedó mirando a Daniel.

—¡Es que no logro entenderlo! —exclamó—. Llevas años haciéndome favores y ni siquiera hemos hablado. ¿Por qué?

Daniel respiró hondo.

—Si te hubiera pedido que salieras conmigo —preguntó—, ¿habrías aceptado? Di la verdad.

Alicia titubeó unos instantes.

—Pues quizá no —dijo—, pero al menos nos habríamos conocido.

Sacudió la cabeza, dio una patadita en el suelo, se aproximó al muchacho y le besó en una mejilla.

—Esto por salvarme la vida —dijo.

Le besó en la otra mejilla.

—Esto por ser Mr. Cristal.

Le besó en los labios.

—Y esto por ser tan buena persona...

Alicia echó a andar de nuevo. Daniel la siguió. Caminaron en silencio durante un rato.

—El tercer beso es el que mejor te ha salido —comentó el muchacho al cabo de unos minutos—. Se nota que has adquirido experiencia con los otros dos.

Alicia se echó a reír.

—¿Sabes que eres muy raro? —dijo.

—¿Sí? —Daniel sonrió—. Nunca me lo habían dicho...

En el presente

Era de noche cuando Daniel concluyó el relato. En la cafetería había más gente y más bullicio que antes, pero el periodista, con la historia que acababa de oír aún rondándole en la mente, apenas se percataba del jaleo que sonaba a su alrededor.

—Así que usted disparó... —dijo.

—Sí, fui yo —Daniel se echó a reír—. Fue una chapuza. Apuntaba a una pierna y le di a Raúl en la cabeza. Si llego a apuntar a la cabeza, mato un pájaro.

El periodista posó la mirada en la taza que tenía enfrente, sobre la mesa. El café se había quedado frío.

—El Ciervo Rojo era el padre de Raúl Jordán, ¿no?

—Sí.

—Por eso le mató...

—Por eso y por todo lo que le había hecho a lo largo de su vida.

—Pero también mató a su madre. ¿Por qué a ella?

Daniel se encogió de hombros.

—Quién sabe lo que pasaba en su cerebro... Supongo que la mató por lástima. Raúl la quería.

El periodista dio un sorbo al café frío y apartó definitivamente la taza a un lado.

—¿Cómo sabe todo eso? —preguntó.

—¿El qué?

—Pues todo lo relacionado con Raúl y su familia. ¿Cómo lo sabe?

—Porque él mismo me lo ha contado.

El periodista le miró con extrañeza.

—¿Cómo dice?...

—Raúl Jordán no murió. La bala solo le rozó.

—Ya lo sé. Pero tengo entendido que está internado en un hospital psiquiátrico.

—Sí, pero le permiten el acceso a Internet. Hablamos frecuentemente en un chat. Él no sabe quién soy yo.

—¿Y Raúl se lo ha contado todo?

—Todo lo que recuerda. Aunque ha olvidado muchas cosas. Ha olvidado que mató a sus padres y tampoco se acuerda de lo que sucedió en el Anna Frank. Aún cree que cuando salga del hospital ingresará en la Academia Militar.

—¿Saldrá algún día?

Daniel suspiró.

—Quién sabe. Raúl no es una mala persona. De hecho, fue una víctima más. La primera de todas las que hubo en el Anna Frank.

Se produjo un largo silencio.

—Lo que no acabo de entender —dijo el periodis-

ta— es la relación que existía entre usted y Julián Echevarría. ¿Sentía afecto por él?

Daniel se echó a reír.

—Créame, era muy difícil sentir afecto por el señor Echevarría.

—¿Entonces?

El joven tardó unos segundos en contestar.

—¿Ha visto alguna vez un perro perdido? —preguntó—. Me refiero a uno de esos perros sucios y llenos de pulgas, pero que todavía conservan la dignidad y te gruñen cuando intentas hacerles una caricia. ¿Lo ha visto?

—Supongo...

—Pues así era el señor Echevarría: un perro perdido y gruñón. ¿Sabe?, poco después de lo que pasó en el Anna Frank llegó a mi casa un paquete. Me lo había enviado el señor Echevarría —Daniel abrió la cartera, sacó un libro de ella y lo dejó encima de la mesa—. Esto es lo que había dentro. Mire lo que pone al principio.

El periodista cogió el libro. Era una antología poética de Miguel Hernández. Lo abrió y leyó la dedicatoria que aparecía escrita a mano en la primera página.

«Para Daniel Castro, el mejor alumno que he tenido, el único genio que he conocido y el tío más raro del mundo». Debajo aparecía la firma, «Julián Echevarría», y más abajo: «Lo siento, perdóname por ser tan desagradable. Feliz cumpleaños».

El periodista le devolvió el libro y guardó silencio.

—¿Va a escribir ese reportaje, Jaime? —preguntó Daniel.

—Claro que sí.

Daniel sacó de la cartera un puñado de folios y se los tendió al periodista.

—Por aquella época —dijo—, yo llevaba un diario. Se lo he fotocopiado; quizá le sea útil.

—Gracias... Dígame una cosa: ¿no le importa que cuente la verdad?

—¿Que fui yo y no el señor Echevarría quien disparó contra Raúl Jordán? Haga lo que quiera. Al Profesor ya no puede afectarle y a mí me da lo mismo. Además, ¿qué importa eso ya? —Daniel consultó su reloj—. Es tardísimo. Perdone, pero tengo que irme...

Se incorporaron y abonaron las consumiciones. Al salir a la calle, una ráfaga de viento helado les azotó el rostro. Se despidieron con un apretón de manos, pero en el último momento, cuando cada uno iba a irse por su lado, el periodista dijo:

—Perdone, una última pregunta: ¿a qué se dedica?

Daniel sonrió.

—¿Cree que soy profesor?

—No lo sé...

—El señor Echevarría era muy mal profesor. Su ejemplo invitaba a cualquier cosa menos a dedicarse a la enseñanza. Soy dibujante —sacó de la cartera un sobre y se lo entregó al periodista—. Quédeselo. Es mi último trabajo.

Se despidieron con un nuevo apretón de manos. El

periodista se puso el sobre bajo el brazo, junto con las fotocopias del diario, y echó a andar hacia el aparcamiento donde había dejado el coche. Mientras caminaba bajo las guirnaldas luminosas, en medio del gentío que atestaba las calles, se preguntó si aquella Navidad nevaría y alzó la mirada, pero el cielo estaba despejado.

Llegó al aparcamiento, pagó y bajó a recoger el coche. Tras sentarse al volante y dejar los papeles en el asiento contiguo, se dispuso a arrancar el motor, pero de pronto sintió una punzada de curiosidad. Apartó la mano de las llaves, cogió el sobre que le había dado Daniel y lo abrió. Contenía un tebeo.

El periodista comenzó a leerlo. Al poco, se rio, y siguió riéndose un buen rato, a veces a carcajadas, hasta que acabó de leer el cómic. Era una historia de superhéroes, escrita y dibujada en clave de humor, un humor brillante y excéntrico. El periodista contempló la portada. En ella se veía a un hombre con cara de mal genio vestido con toga y birrete, y a su lado un muchacho del que solo se adivinaba la silueta, porque era invisible. Encima, con grandes letras rojas, aparecía el título del cómic:

«Las fabulosas aventuras del Profesor Furia y Mr. Cristal»